Juan Ruiz de Alarcón

El examen de maridos

Barcelona **2024**
Linkgua-ediciones.com

Créditos

Título original: El examen de maridos.

© 2024, Red ediciones S.L.

e-mail: info@linkgua.com

Diseño de cubierta: Michel Mallard.

ISBN tapa dura: 978-84-1126-781-6.
ISBN rústica: 978-84-96428-36-2.
ISBN ebook: 978-84-9897-227-6.

Sumario

Brevísima presentación

La vida

Juan Ruiz de Alarcón y Mendoza (1581-1639). México.

Nació en México y vivió gran parte de su vida en España. Era hijo de Pedro Ruiz de Alarcón y Leonor de Mendoza, ambos con antepasados de la nobleza. Estudió abogacía en la Real y Pontificia Universidad de la Ciudad de México y a comienzos del siglo XVII viajó a España donde obtuvo el título de bachiller de cánones en la Universidad de Salamanca. Ejerció como abogado en Sevilla (1606) y regresó a México a terminar sus estudios de leyes en 1608.

En 1614 volvió otra vez a España y trabajó como relator del Consejo de Indias. Era deforme (jorobado de pecho y espalda) por lo que fue objeto de numerosas burlas de escritores contemporáneos como Francisco de Quevedo, que lo llamaba «corcovilla», Félix Lope de Vega y Pedro Calderón de la Barca.

Ésta es una de la tres comedias de enredos de Juan Ruiz de Alarcón concebidas en torno a una prueba crucial: *El semejante a sí mismo*, *La prueba de las promesas* y *El examen de maridos*.

Estas obras se inspiran en *La novela del curioso impertinente*, el ejemplo XI de *El Conde Lucanor* y *El mercader de Venecia*.

Personajes

El Conde Carlos, galán
El Marqués don Fadrique, galán
El Conde don Juan, galán
El Conde Alberto, galán
Don Guillén, galán
Don Juan de Cumán, galán
La marquesa, Doña Inés, dama
Mencía, su criada
Doña Blanca de Herrera, dama
Clavela, su criada
Ochavo, gracioso
Beltrán, escudero viejo
Hernando, lacayo
Don Fernando, viejo grave

Jornada primera

(Salen doña Inés, de luto, y Mencía.)

Mencía   Ya que tan sola has quedado
                con la muerte del Marqués
                tu padre, forzoso es,
                señora, tomar estado;
                    que en su casa has sucedido,
                y una mujer principal
                parece en la corte mal
                sin padres y sin marido.

Inés   Ni más puedo responderte,
                ni puedo más resolver,
                de que a mi padre he de ser
                tan obediente en la muerte
                    como en la vida lo fui;
                y con este justo intento
                aguardo su testamento
                para disponer de mí.

(Sale Beltrán de camino.)

Beltrán   Dame, señora, los pies.

Inés   Vengas muy en hora buena,
                Beltrán, amigo.

Beltrán   La pena
                de la muerte del Marqués,
                    mi señor, que esté en la gloria,
                me pesa de renovarte,
                cuando era bien apartarte

de tan funesta memoria;
   mas cumplo lo que ordenó
cercano al último aliento:
en lugar de testamento
este pliego me entregó,
   sobrescrito para ti.

(Dale un pliego.)

Inés   A recebirle, del pecho
                             sale, en lágrimas deshecho
(Abre el pliego.)   el corazón. Dice así:
(Lee.)   «Antes que te cases,
                             mira lo que haces».

Mencía   ¿No dice más?

Inés   No, Mencía.

Beltrán   Su postrer disposición
                             cifró toda en un renglón.

Inés   ¡Ay, querido padre! Fía
                                que no exceda a lo que escribes
                             mi obediencia un breve punto,
                             y que aun después de difunto
                             presente a mis ojos vives.
                                Y vos, si el haber nacido
                             en mi casa, y si el amor
                             que del Marqués, mi señor,
                             habéis, Beltrán, merecido;
                                si la firme confianza
                             con que en vuestra fe y lealtad
                             resignó su voluntad

aseguran mi esperanza,
    sed de mi justa intención
el favorable instrumento,
con que de este testamento
disponga la ejecución.
    Solo de vuestra verdad
he de fiar el efeto;
y la elección del sujeto,
a quien de mi libertad
    entregue la posesión,
de vos ha de proceder,
y obligarme a resolver
sola vuestra información.

Beltrán   No tengo que encarecerte
                     mi obligación y mi fe,
                     pues ellas, según se ve,
                     son las que pueden moverte
                         a hacerme tu consejero.

Inés   Venid conmigo a saber,
                     Beltrán, lo que habéis de hacer;
                     que eligir esposo quiero
                         con tan atentos sentidos
                     y con tan curioso examen
                     de sus partes, que me llamen
                     el «examen de maridos».

(Vanse. Salen don Fernando y el Conde Carlos.)

Fernando   Pensar que solo sois vos
                     dueño de su voluntad,
                     y, según vuestra amistad,
                     una alma vive en los dos,

de vos me obliga a fiar
y pediros una cosa,
que, por ser dificultosa,
podréis vos solo alcanzar.

Carlos   Si como habéis entendido,
don Fernando, esa amistad,
conocéis la voluntad
con que siempre os he servido,
   seguro de mí os fiáis,
pues ya, según mi afición,
solo con la dilación
puede ser que me ofendáis.

Fernando   Ya pues, Conde, habréis sabido
que el Marqués a Blanca adora.

Carlos   De vos, don Fernando, agora
solamente lo he entendido.

Fernando   Negaréisio como amigo
y secretario fiel
del Marqués.

Carlos   Jamás con él
he llegado, ni él conmigo,
   a que de tales secretos
partícipes nos hagamos;
o sea porque adoramos
tan soberanos sujetos,
   que, con darle a la amistad
nombre de sacra y divina,
aun no la juzgamos digna
de atreverse a su deidad;

o porque el celo y rigor
de esta amistad es tan justo,
que niega culpas del gusto
y delitos del amor;
     o porque de ese cuidado
vivimos libres los dos,
y en lo que os han dicho a vos
acaso os han engañado.

Fernando   No importa para el intento
haberlo sabido o no;
ser así y saberlo yo
es la causa y fundamento
     que me obligó a resolverme
a que de vuestra amistad,
nobleza y autoridad
en esto venga a valerme.
     Y así, supuesto, señor,
que si el Marqués pretendiese
que Blanca su esposa fuese,
no me encubriera su amor,
     pues, si sus méritos son
tan notorios, se podría
prometer que alcanzaría
por concierto su intención;
     de aquí arguyo que su amor
solo aspira a fin injusto,
y quiere alcanzar su gusto
con ofensa de mi honor.
     Vos, pues, de cuya cordura,
grandeza y valor confío,
remediad el honor mío
y corregid su locura;
     que en los dos evitaréis

con esto el lance postrero,
pues lo ha de hacer el acero
si vos, Conde, no lo hacéis.

Carlos   Fernando, bien sabéis vos
que, por no sujeto a ley
el amor, le pintan rey,
niño, ciego, loco y dios.
   Y así, en este caso, yo,
si he de hablar como discreto,
el intentarlo os prometo,
pero el conseguirlo no;
   que por locura condeno
que se prometa el valor
ni poder más que el Amor,
ni asegurar hecho ajeno.
   Mas esto solo fiad,
pues de mí os queréis valer:
que el Marqués ha de perder
o su amor o mi amistad.

Fernando   Esa palabra me anima
a pensar que venceréis;
que sé lo que vos valéis
y sé lo que él os estima.

Carlos   No admite comparación
nuestra amistad; mas yo sigo
en las finezas de amigo
las leyes de la razón:
   en esto la tenéis vos,
y de vuestra parte estoy.

Fernando   Seguro con eso voy.

Carlos	Dios os guarde.
Fernando	Guárdeos Dios.

(Vase don Fernando. Salen el Marqués y Ochavo.)

Ochavo	Él es un capricho extraño.
Marqués	¿Examen hace, curiosa, de pretendientes?
Ochavo	¡Qué cosa para los mozos de hogaño!
Marqués	Conde...
Carlos	Marqués...
Marqués	Escuchad el más nuevo pensamiento que en humano entendimiento puso la curiosidad.
Carlos	Decid.

(A Ochavo.)

Marqués	Vuelve a referirlo con todas sus circunstancias.
Ochavo	Perdonad mis ignorancias, pues de mí queréis oírlo. La sin igual doña Inés,

a cuyas divinas partes
se junta ya el ser marquesa
por la muerte de su padre,
abriendo su testamento,
con resolución de darle
el cumplimiento debido
a postreras voluntades,
halló que era un pliego a ella
sobrescrito y que no trae
más que un renglón todo él,
en que le dice su padre:
«Antes que te cases, mira lo que haces».
Puso en ella este consejo
un ánimo tan constante
de ejecutarlo, que intenta
el capricho más notable
que de romanas matronas
cuentan las antigüedades.
Cuanto a lo primero, a todos,
gentileshombres y pajes
y criados de su casa,
orden ha dado inviolable
de que admitan los recados,
los papeles y mensajes
de cuantos de su hermosura
pretendieran ser galanes.
Con esto, en un blanco libro,
cuyo título es «Examen
de maridos», va poniendo
la hacienda, las calidades,
las costumbres, los defetos
y excelencias personales
de todos sus pretendientes,
conforme puede informarse

de lo que la fama dice
y la inquisición que hace.
Estas relaciones llama
«consultas», y «memoriales»
los billetes, y «recuerdos»
los paseos y mensajes.
Lo primero, notifica
a todo admitido amante
que sufra la competencia
sin que el limpio acero saque;
y al que por esto, o por otro
defeto, una vez borrare
del libro, no hay esperanza
de que vuelva a consultarle.
Declara que amor con ella
no es mérito, y solo valen,
para obligar su albedrío,
proprias y adquiridas partes;
de manera que ha de ser,
quien a su gloria aspirare,
por elección venturoso,
y eligido por examen.

Carlos	¡Extraña imaginación!
Marqués	¡Paradójico dislate!
Ochavo	¡Caprichoso desatino!
Carlos (Aparte.)	(¡Ah, ingrata! ¿Qué novedades inventas para ofenderme, y trazas para matarme? ¿Qué me ha de valer contigo, si tanto amor no me vale?

¿Posible es, cruel, que intentes,
contra leyes naturales,
que sin amor te merezcan
y que sin celos te amen?)

Marqués

Ya, con tan alta ocasión,
imagino en los galanes
de la corte mil mudanzas
de costumbres y de trajes.

Carlos

La fingida hipocresía,
la industria, el cuidado, el arte
a la verdad vencerán.
Más valdrá quien más engañe.
Ochavo, déjanos solos,
que tengo un caso importante
que tratar con el Marqués.

Ochavo

Si es importante, bien haces
en ocultarlo de mí,
que cualquiera que fiare
de criados su secreto,
vendrá a arrepentirse tarde.

(Vase Ochavo.)

Marqués

Cuidadoso espero ya
lo que tenéis que tratarme.

Carlos

Retóricas persuasiones
y proemios elegantes
para pedir, son ofensas
de las firmes amistades;
y así, es bien que brevemente

18

mi pensamiento os declare.
De don Fernando de Herrera
la noble y antigua sangre,
ni puede nadie ignorarla
ni ofenderla debe nadie;
y el que es mi amigo, Marqués,
no ha de decirse que hace
sinrazón, mientras un alma
ambos pechos informare.
Una de tres escoged:
o no amar a Blanca, o darle
la mano, o dejar de ser
mi amigo por ser su amante.

Marqués

Primero que me resuelva
en un negocio tan grave,
los celos de mi amistad,
que al encuentro, Conde, salen,
me obligan a que averigüe
mis quejas y sus verdades.
¿Cómo, si de ajena boca
supistes que soy amante
de Blanca, no tenéis celos
de que de vos lo ocultase?

Carlos

Porque los cuerdos amigos
tienen razón de quejarse
de que la verdad les nieguen,
mas no de que se la callen;
y así, de vuestro silencio
no he formado celos, antes
os estoy agradecido,
que presumo que el callarme
vuestra afición fue recelo

de que yo la reprobase,
porque no consienten culpas
las honradas amistades.
Y así, Marqués, resolveos
a olvidalla o a olvidarme,
que la razón siempre a mí
me ha de tener de su parte.

Marqués   Puesto, Conde, que el más rudo
el imperio de Amor sabe,
con vos, que prudente sois,
no trato de disculparme.
Dar la mano a doña Blanca
no es posible, sin que pase
el mayorazgo que gozo
al más cercano en mi sangre;
que obliga de su erección
un estatuto inviolable
a que el sucesor elija
esposa de su linaje.
Yo, pues, antes de escucharos,
viendo estas dificultades,
procuraba ya remedios
de olvidarla y de mudarme;
y ha sido el mandarlo vos
el mayor, pues es tan grande
mi amistad, que lo imposible
por vos me parece fácil.

Carlos   Supuesto que no hay finezas
que a la vuestra se aventajen,
os las promete a lo menos
mi agradecimiento iguales.
Y adiós, Marqués, porque quiero

dar al cuidadoso padre
de Blanca esta feliz nueva.

Marqués

Bien podéis asegurarle
que no hará la muerte misma
que esta palabra os quebrante.

Carlos

Cuando no vuestra amistad,
me asegura vuestra sangre.

(Vanse. Salen el Conde Carlos y el Conde Alberto, por una parte, y por otra el Conde don Juan.)

Juan

¡Conde!

Alberto

¡Don Juan!

Juan

Con hallaros
en esta casa me dais
indicios de que intentáis
de marido examinaros.

Alberto

Dado que no tengo amor,
por curiosidad deseo
de este examen de himeneo
ser también competidor.
Mas lo que pensáis de mí
por el lugar en que estoy,
de vos presumiendo voy,
pues también os hallo aquí.

Juan

Siendo en tan alta ocasión
de méritos la contienda,
pienso que quien no pretenda

perderá reputación.

(Sale don Guillén.)

Guillén

¡Copiosa está de guerreros
la estacada!

Alberto

¡Don Guillén!
¿Sois opositor también?

Guillén

Con tan nobles caballeros,
   si es que aspiráis a eligidos,
fuerza es probar mi valor;
que si es tal el vencedor,
no es deshonra ser vencidos.

Alberto

¡Que en novedad tan extraña
diese la Marquesa hermosa!

Guillén

Por ella será famosa
eternamente en España.

Juan

Al fin, quiere voluntades
a la usanza de Valencia;
que sufran la competencia
sin celos ni enemistades.

Alberto

Nueva Penélope ha sido.

(Sale Ochavo.)

Ochavo (Aparte.)

(¡Plega a Dios no haya en la corte
algún Ulises que corte
en cierne tanto marido!)

22

Juan	Beltrán sale aquí.

Alberto	Y él es,
	según he sido informado,
	el secretario y privado
	de la hermosa doña Inés.

Ochavo	Y a fe que es del tiempo vario
	efecto bien peregrino
	que, no siendo vizcaíno,
	llegase a ser secretario.

(Sale Beltrán.)

Beltrán (Aparte.)	(Al cebo de doña Inés
	pican todos, que es gran cosa
	gozar de mujer hermosa
	y un título de Marqués)

Alberto	Señor Beltrán, la intención
	de la Marquesa, que ha dado,
	como a los pechos cuidado,
	a la fama admiración,
	causa el concurso que veis;

(Quiere darle un papel.)

	mis partes y calidades
	son éstas, y son verdades
	que presto probar podréis.

Juan	Éste mis partes refiere.

(Quiere darle otro papel.)

Beltrán

La Marquesa mi señora
saldrá de su cuarto agora;
que veros a todos quiere.
    A ella dad los memoriales;
porque informarse procura
de la voz, la compostura,
y las partes personales
    de cada cual por sus ojos.

Ochavo

Es prudencia y discreción
no entregar por relación
tan soberanos despojos.

Beltrán

Ella sale.

(Compónense todos.)

Ochavo (Aparte.)

                    (Gusto es vellos
cuidadosos y afectados,
compuestos y mesurados,
alzar bigotes y cuellos.
    Parécenme propriamente,
en sus aspectos e indicios,
los pretendientes de oficios,
cuando ven al Presidente.
    Mas, por Dios, que es la criada
como un oro.)

(Salen doña Inés y Mencía.)

                    ¡Oye, doncella!

Mencía	¿Qué quiere?
Ochavo	El amor por ella me ha dado una virotada.
Mencía	Aun bien que hay en el lugar albéitares.
Ochavo	Pues, traidora, ¿tan bestia es el que te adora, que albéitar le ha de curar?
Alberto	Puesto que el alma confiesa que no hay méritos humanos que a los vuestros soberanos igualen, bella Marquesa, si alguno ha de poseeros, hacer esto es competir con todos, no presumir que he de poder mereceros; y a este fin he reducido mis partes a este papel, humilde como fiel.

(Dale un memorial.)

Inés (Aparte.)	(¡Qué retórico marido!) Yo atenderé como es justo a vuestros méritos, Conde.
Ochavo (Aparte.)	(Como rey, por Dios, responde ella es loca de buen gusto.)
Juan	Yo soy, señora, don Juan

	de Guzmán. Aquí veréis
(Dale un papel.)	lo demás, si en mí queréis
	más partes que ser Guzmán.

Inés (Aparte.)   (¡Qué amante tan enflautado!)
Yo lo veré.

Ochavo (Aparte.)   (¡Linda cosa
la voz sutil y melosa
en un hombre muy barbado!)

Guillén   Don Guillén soy de Aragón,
que si por amor hubiera
de mereceros, ya fuera
mi esperanza posesión.
(Dale un memorial.)   Éste os puede referir
mis méritos verdaderos,
pocos para mereceros,
muchos para competir.

Inés (Aparte.)   (¡Qué meditada oración!)
Yo veré el papel.

Ochavo (Aparte.)   (¡Qué bien
trajo el culto don Guillén
la tal contraposición!)

Inés   Con vuestra licencia, quiero
retirarme.

Alberto   Loco estoy.

(Vase.)

Juan	Libre vine y preso voy.
(Vase.)	
Guillén	Por vos vivo y sin vos muero.
(Vase.)	
Inés (Dalos a Beltrán.)	Tened esos memoriales. Mas, ¿qué busca este mancebo?

Ochavo	Por ver capricho tan nuevo
	me atreví a vuestros umbrales;
	  y aunque de esta mocedad
	y paradójico intento
	os alabe el pensamiento,
	tengo una dificultad,
	  y es que en vuestros pretensores
	me han dicho que examináis
	lo visible, y no tratáis
	de las partes interiores,
	  en que muchas veces vi
	disimulados engaños,
	que causan mayores daños
	al matrimonio; y así
	  quiero saber qué invención
	o industria pensáis tener,
	o qué examen ha de haber
	para su averiguación.

Inés	¿No hay remedio?
Ochavo	Uno de dos en dificultad tan nueva:

recebir la causa a prueba,
o encomendárselo a Dios.

Inés   De buen gusto es la advertencia.
¿Queréis otra cosa aquí?

Ochavo   Un nuevo amante, por mí,
Marquesa, os pide licencia
  para veros e informaros
de sus méritos; que puesto
que a todos la dais, en esto
quiere también obligaros.

Inés   ¿Quién es?

Ochavo   Señora, el Marqués
vuestro deudo.

Inés   Ya ha ofendido
su valor, pues ha pedido
lo que a todos común es.

Ochavo   Tiene el ser desconfiado
de discreto; y le parece,
Marquesa, que aun no merece
ser de vos examinado.

Inés   Pues yo no solo le doy
licencia, pero juzgara
por agravio que no honrara
el examen.

Ochavo   Pues yo voy
con nueva tan venturosa;

y tanto vos lo seáis,
pues cual sabia examináis,
que no elijáis como hermosa.

(Vanse doña Inés y Beltrán.)

Y tú, enemiga, haz también
un examen; y si acaso
te merezco, pues me abraso,
trueca en favor el desdén.

Mencía   ¿Bebe?

Ochavo   Bebo.

Mencía   ¿Vino?

Ochavo   Puro.

Mencía   Pues ya queda reprobado;
que yo quiero esposo aguado.

(Vase.)

Ochavo   ¡Escucha! En vano procuro
                detenerla. ¡Bueno quedo!
            ¡Vive Dios, que estoy herido!
            Pero si mi culpa ha sido
            beberlo puro, bien puedo
                no quedar desesperado.
            Aguado soy, que aunque puro
            siempre beberlo procuro,
            siempre al fin lo bebo aguado,
                pues todo, por nuestro mal,

antes de salir del cuero,
en el Adán tabernero
peca en agua original.

(Vase. Salen doña Blanca y Clavela con mantos.)

Clavela   Pienso que no te está bien
               mostrar al Marqués amor,
               porque es la contra mejor,
               de un desdén, otro desdén.
                  Si su mudanza recelas,
               tu firmeza te destruye,
               porque al amante que huye,
               seguirle es ponerle espuelas.

Blanca   Ya que pierdo la esperanza
               que tan segura tenía,
               saber al menos querría
               la ocasión de su mudanza;
                  y por esto le he citado,
               sin declararle quién soy,
               para el sitio donde estoy.

Clavela   Él vendrá bien descuidado
                  de que eres tú quien le llama.

(Salen el Marqués y Ochavo, por otra parte.)

Ochavo   Su hermosura y su intención
               son tan nuevas, que ya son
               la fábula de la Fama;
                  y al fin, no solo te ha dado
               la licencia que has pedido,
               pero se hubiera ofendido

de que no hubieras honrado
el concurso generoso
que al examen se le ofrece.

Marqués

Locura, por Dios, parece
su intento; mas ya es forzoso
seguir a todos en eso.

Ochavo

Un aguacero cayó
en un lugar, que privó
a cuantos mojó, de seso;
y un sabio, que por ventura
se escapó del aguacero,
viendo que al lugar entero
era común la locura,
mojóse y enloqueció,
diciendo: «En esto, ¿qué pierdo?
Aquí, donde nadie es cuerdo,
¿para qué he de serlo yo?».
Así agora no se excusa,
supuesto que a todos ves
examinarse, que des
en seguir lo que se usa.

Marqués

Bien dices, que era el no hacerlo
dar al mundo qué decir.
Pero quiérote advertir
de que nadie ha de entenderlo
hasta salir vencedor;
porque si quedo vencido,
no quiero quedar corrido.

Ochavo

Mármol soy.

Marqués	Este temor
	me obliga así a recatar,
	aunque mi pecho confía
	que doña Inés será mía
	si me llego a examinar.

Blanca	¿Que doña Inés será vuestra,
	si a examinaros llegáis?

Marqués	¡Oh Blanca! ¿Vos me escucháis?

Blanca	Quien tanta inconstancia muestra
	como vos, ¿tiene esperanza
	de que saldrá vencedor,
	siendo el defecto mayor
	en un hombre la mudanza?
	¿De qué os admiráis? Yo fui,
	yo fui la que os he llamado,
	viendo que con tal cuidado
	andáis huyendo de mí,
	para saber la ocasión
	que os he dado, o vos tomáis,
	para que así me rompáis
	tan precisa obligación;
	y de vuestros mismos labios,
	antes que os la preguntara,
	quiso el cielo que escuchara
	la ocasión de mis agravios.

Marqués	Blanca, no te desenfrenes;
	escucha atenta primero
	mi disculpa, y después quiero
	que, si es razón, me condenes.
	Cuando empezó mi deseo

a mostrar que en ti vivía,
ni aun la esperanza tenía
del estado que hoy poseo.
    Entonces tú, como a pobre,
te mostraste siempre dura;
que el oro de tu hermosura
no se dignaba del cobre.
    Heredé por suerte; y luego,
o fuese ambición o amor,
mostraste a mi ciego ardor
correspondencias de fuego.
    Mas la herencia, que la gloria
me dio de tu vencimiento,
fue también impedimento
para gozar la vitoria;
    porque estoy, Blanca, obligado
a dar la mano a mujer
de mi linaje, o perder
la posesión del estado.
    Esta ocasión me desvía
de ti pues, según arguyo,
ni rico puedo ser tuyo,
ni pobre quieres ser mía.
    Perdida, pues, tu esperanza,
si otra doy en celebrar,
es divertirme, no amar;
es remedio, no mudanza.
    Así que, a no poder más,
mudo intento; si pudieres,
haz lo mismo; que si quieres,
mujer eres, y podrás.

(Vase.)

Blanca	¡Oye!
Clavela	Alas lleva en los pies.
Ochavo (Aparte.)	(¡Cielos, haced que algún día pueda yo hacer con Mencía lo que con Blanca el Marqués!)

(Vase.)

Blanca	Desesperada esperanza,
	el loco intento mudad,
	y de ofendida apelad
	del amor a la venganza.
	   ¡Por los cielos, inconstante,
	ya que tu agravio me obliga,
	que has de llorarme enemiga,
	pues no me estimas amante!
	   ¡A tus gustos, tus intentos,
	tus fines, me he de oponer!
	¡Seré verdugo al nacer
	de tus mismos pensamientos!

Clavela	De cólera estás perdida; loca te tiene el despecho.
Blanca	¡Sierpes apacienta el pecho de una mujer ofendida!

(Vanse. Sale el Conde don Juan.)

Juan	De tus ojos salgo ciego y abrasado, Inés hermosa, cual la incauta mariposa

busca luz y encuentra fuego.

(Sale el Conde Carlos.)

Carlos (Aparte.)   (¿Aquí está el Conde don Juan?
                     ¡Todo el infierno arde en mí!)
                     Conde, de hallaros aquí
                     ciertas sospechas me dan
                        de que pretendéis entrar
                     en el examen.

Juan   Pues ¿quién
                     no aspira a tan alto bien,
                     sí méritos lo han de dar?

Carlos   Quien supiere que a la bella
                     Inés ha un siglo que quiere
                     Carlos.

Juan   Si quien lo supiere,
                     Conde, no ha de pretendella,
                        de esa obligación me hallo
                     con justa causa exclüido,
                     porque nunca lo he sabido.

Carlos   ¿No basta, pues, escuchallo
                        aquí de mí, si hasta agora
                     la he servido con secreto,
                     justo y forzoso respeto
                     del que estima a la que adora?

Juan   No basta a quien se ha empeñado
                     sin saberlo: a no empezar
                     podéis con eso obligar;

mas no a dejar lo empezado.

Carlos   Esta espada sabrá hacer
             que sobre decirlo yo
             para dejarlo.

Juan   Y que no
             ésta sabrá defender;
               y esto en el campo, no aquí;
             que es sagrado este lugar.

Carlos   Allá os espero mostrar
             el valor que vive en mí.

(Sale doña Inés.)

Inés   ¿Qué es esto? Conde don Juan,
             Conde Carlos, ¿dónde vais?

Carlos   Solamente a que entendáis
             los excesos a que dan
               ocasión vuestros antojos.
             Venid.

Juan   Vamos.

Inés   ¡Detenéos,
             que mal logrará deseos
             quien obliga con enojos!
               Sabiendo que es lo primero
             que he advertido en este examen
             que no ha de entrar en certamen
             quien por mí saque el acero,
               ¿cómo aquí con ofenderme,

queréis los dos obligarme,
pues que pretendéis ganarme
con el medio de perderme?
   El fin de esta pretensión
¿consiste en vuestro albedrío?
¿Es vuestro gusto, o el mío,
quien ha de hacer la elección?
   Sufra, pues, quien alcanzarme
procure, la competencia,
o confiese en mi presencia
que no pretende obligarme.

Juan   No hay más ley que vuestro gusto
para mi abrasado pecho.

Carlos   Y yo, Inés, aunque a despecho
de un agravio tan injusto
   como recibo de vos,
me dispongo a obedeceros.

Inés   De no sacar los aceros
me dad palabra los dos.

Carlos   Yo por serviros la doy.

Juan   Yo la doy por obligaros;
que a morir, por no enojaros,
dispuesto, señora, estoy.

(Vase el Conde don Juan.)

Carlos   ¡Ah, Marquesa! ¡A Dios pluguiera,
pues os cansa el amor mío,
fuese mío mi albedrío

para que no os ofendiera!
¡Pluguiera a Dios que pudiera
poner freno a mis pasiones
el ver vuestras sinrazones!
Que cuando el amor es furia,
los golpes que da la injuria
rematan más las prisiones.
    Apaga el cierzo violento
llama que empieza a nacer;
mas en llegando a crecer,
le aumenta fuerzas el viento.
Ya estaba en mi pensamiento
apoderado el furor
de vuestro amoroso ardor;
y a quien llega a estar tan ciego,
cada agravio da más fuego,
cada desdén, más amor.

Inés   Basta, Conde; que llenáis
de vanas quejas el viento,
si de vuestro sentimiento
la ocasión no declaráis.
¿De qué agravios me acusáis?

Carlos   El preguntarlo es mayor
ofensa y nuevo rigor,
pues para que os disculpéis
de vuestro error, os hacéis
ignorante de mi amor.
    ¿Podéisme negar acaso
que dos veces cubrió el suelo
tierna flor y duro hielo
después que por vos me abraso?
El fiero dolor que paso

por vuestros ricos despojos,
aunque a encubrir mis enojos
el recato me ha obligado,
¿no os lo ha dicho mi cuidado
con la lengua de mis ojos?
    ¿No han sido mi claro oriente
vuestros balcones, y han visto
que ha dos arios que conquisto
su hielo con fuego ardiente?
Si os amé tan cautamente,
que apenas habéis sabido
vos misma que os he querido,
ésa es fineza mayor,
pues, muriendo, vuestro honor
a mi vida he preferido.
    Pues cuando, tras esto, dais
licencia a nuevos cuidados,
para ser examinados
porque el más digno elijáis,
¿cómo, decid, preguntáis
a un despreciado y celoso
de qué se muestra quejoso?
Cuando por amante no,
por mí ¿no merezco yo
ser con vos más venturoso?

Inés   Negarlo fuera ofenderos;
pero vos me disculpáis,
y con lo que me acusáis
pienso yo satisfaceros.
Si entre tantos caballeros
como al examen se ofrecen
vuestras partes os parecen
dignas de ser preferidas,

ellas serán elegidas,
si más que todas merecen.
  Mas si acaso el proprio amor
os engaña, y otro amante,
aunque menos arrogante,
en partes es superior,
ni es ofensa ni es error,
si en mi provecho me agrada,
de vuestro daño olvidada,
que el que es más digno me venza;
que de sí misma comienza
la caridad ordenada.

Carlos

Y de amar vuestra beldad
¿cuáles los méritos son?

Inés

Amar por inclinación
es propria comodidad.
Si presa la voluntad
del deseo, se fatiga
porque el deleite consiga,
del bien que pretende nace;
y quien su negocio hace,
a nadie con él obliga.
  Demás que, si amarme fuera
conmigo merecimiento,
no solo vuestro tormento
obligada me tuviera;
que no tantos en la esfera
leves átomos se miran,
ni en cuanto los rayos giran
del Sol claro arenas doran,
cuantos más que vos me adoran,
que menos que vos suspiran.

Pero, supuesto que amarme
no me obliga, imaginad
que cumplir mi voluntad
es el modo de obligarme.
El más digno ha de alcanzarme;
si vuestros méritos claros
esperan aventajaros,
en obligación me estáis,
pues por una que intentáis,
dos vitorias quiero daros.
    Corta hazaña es por amor
conquistar una mujer;
ilustre vitoria es ser
por méritos vencedor.
De mí os ha de hacer señor
la elección, no la ventura.
Si no os parece cordura
el nuevo intento que veis,
al menos no negaréis
que es de honrada esta locura.

Carlos   En fin, ¿que en vano porfío
                  disuadiros ese intento?

Inés   Antes que mi pensamiento,
                  se mudará el norte frío.

Carlos   Pues yo de todos confío
                  ser por partes vencedor;
                  mas ved que en tan ciego amor
                  mis sentidos abrasáis,
                  que si en la elección erráis,
                  no he de sufrir el error.
                      Mirad cómo os resolvéis,

y advertid bien, si a mí no,
que merezca más que yo
a quien vuestra mano deis;
pues como vos proponéis
que vencer, para venceros,
tantos nobles caballeros,
son dos tan altas vitorias,
son dos afrentas notorias
las que recibo en perderos.
    Yo entrenaré mi pasión
si es más digno el más dichoso,
obediente al imperioso
dictamen de la razón;
pero siendo en la elección
vos errada y yo ofendido,
¡vive Dios que al preferido
ha de hacer mi furia ardiente
teatro de delincuente
del tálamo de marido!

Inés   Pensad que si no vencéis,
                 no habéis de quedar quejoso;
                 que será tal, el dichoso,
                 que vos mismo lo aprobéis.

Carlos   Cumplid lo que prometéis.

Inés   Tal examen he de hacer,
                 que a todos dé, al escoger,
                 qué envidiar, no qué culpar.

Carlos   Pues, Inés, a examinar.

Inés   Pues, Carlos, a merecer.

Fin de la primera jornada

Jornada segunda

(Salen Blanca: y Clavela: con mantos.)

Blanca

Yo la he de ver, y estorbar
cuanto pueda su esperanza;
que el amor pide venganza
si llega a desesperar;
   y pues no me vio jamás
la Marquesa, cierta voy
de que no sabrá quién soy.

Clavela

Resuelta, señora, estás,
   y no quiero aconsejarte.

Blanca

Ella sale.

Clavela

         Hermosa es:
con razón la luz que ves
puede en celos abrasarte.

Blanca

Cúbrete el rostro, y advierte
que los enredos que emprendo
van perdidos, en pudiendo
este viejo conocerte.

(Salen Inés y Beltrán.)

Beltrán

Ya del Marqués don Fadrique
el memorial he pasado;
y si verdad ha informado,
no dudo que se publique
   por su parte la vitoria.

Inés	Pues, Beltrán, con brevedad
	de lo cierto os informad,
	porque es ventaja notoria
	la que en sus méritos veo,
	y si verdaderos son,
	mi sangre o mi inclinación
	facilitan su deseo.

Beltrán	Él es tu deudo; y, por Dios,
	que fuera bien que se unieran
	vuestras dos casas, e hicieran
	un rico estado los dos.

(Doña Blanca habla aparte con Clavela.)

Blanca	Primero el fin de tus años,
	caduco enemigo, veas.

Clavela	La ocasión es que deseas.

Blanca	Comiencen, pues, mis engaños,
	y advierte bien el rodeo
	con que mi industria la obliga
	a rogarme que la diga
	lo que decirle deseo.
(Alto.)	No vengo a mala ocasión,
	cuando de bodas tratáis,
	pues feliz anuncio dais
	con eso a mi pretensión.

Inés	¿Quién sois y qué pretendéis?

Blanca	Soy, señora, una criada
	de una mujer desdichada,

que por dicha conocéis.
　　Lo que pretendo es mostraros
joyas de hechura y valor,
con que pueda el resplandor
del mismo Sol envidiaros.
　　Tratado su casamiento,
las previno mi señora;
y habiendo perdido agora,
con la esperanza, el intento
　　de ese estado, determina
tomar el de religión;
y viendo que la ocasión
de casaros se avecina,
　　según publica la fama,
me mandó que os las trajese,
porque, si entre ellas hubiese
alguna que de tal dama
　　mereciese por ventura
ser para suya estimada,
por el valor apreciada,
aunque pierda de la hechura
　　mucha parte, la compréis.

Inés　　　　　　　　Las joyas, pues, me mostrad.

(Saca una cajeta de joyas.)

Blanca　　　　　　Su curiosa novedad
pienso que codiciaréis.
　　De diamantes jaquelados
es ésta.

Inés　　　　　　　　　　No he visto yo
mejor cosa.

Blanca   Ésa costó
mil y quinientos ducados.
        Pero ved estos diamantes
al tope.

Inés   La joya es bella:
el cielo no tiene estrella
que dé rayos más brillantes.

Blanca   Con más razón esta rosa,
esmaltada en limpio acero,
compararéis al lucero.

Inés   Venus es menos hermosa.
        Quien tales joyas alcanza
muy rica debe de ser.

Blanca   Tanto, que por no perder
de una mano la esperanza,
        las diera en albricias todas;
y sé que le pareciera
corto exceso a quien supiera
con quién trataba sus bodas.
        Mas son pláticas perdidas.
De lo que importa tratemos.

Clavela (Aparte.)   (¡Por qué sutiles extremos
busca el medio a sus heridas!)

Inés   Ya de curiosa me incito
a saber quién fue el ingrato;
que vuestro mismo recato
me despierta el apetito.

Clavela (Aparte.)   (Ya están conformes las dos.)

Blanca   Si saberlo os importara,
         Marquesa hermosa, fiara
         más graves cosas de vos.

Inés   A quien trata de casarse
        y a quien, como ya sabréis,
        hace el examen que veis,
        temerosa de emplearse
            en quien, como el escarmiento
        lo ha mostrado, si se arroja,
        a la vuelta de la hoja
        halle el arrepentimiento,
            ¿no importa saber con quién
        quiso esa dama casarse,
        y para no efetüarse
        la causa que hubo también?
            Si, como me certifica
        vuestra misma lengua agora,
        la que tenéis por señora
        es tan principal y rica,
            ¿presumís que entre los buenos
        que opuestos agora están
        a mi mano, ese galán
        que ella quiso valga menos?
            ¿Quién duda sino que está
        a este mi examen propuesto
        él también? Pues, según esto,
        no poco me importará
            saber quién fue, y cuál ha sido
        tan poderosa ocasión
        que el efeto a la afición

de esa dama haya impedido.
Decídmelo, por mi vida,
y fiad que me tendréis,
si esta lisonja me hacéis,
mientras viva, agradecida.

Blanca   Si he de hacerlo, habéis de dar
la palabra del secreto.

Inés   Como quien soy lo prometo.

Blanca   Solas hemos de quedar.

(A Beltrán.)

Inés   Dejadnos solas.

Beltrán (Aparte.)   (Quien fía
secretos a una mujer
con red intenta prender
las aguas que el Nilo envía.)

(A Clavela.)

Blanca   La industria verás agora
con que la obligo a querer
al Conde, y a aborrecer
al Marqués, si ya lo adora.)

(Vase Beltrán y habla desde el paño.)

Beltrán   Pues nada encubre de mí,
los secretos que después
me ha de contar Doña Inés

quiero escuchar desde aquí.)

Inés   Ya estamos solas.

Blanca   Marquesa,
a quien haga más dichosa
el cielo que a la infeliz
de quien refiero la historia,
sabed que ese Conde Carlos,
ése cuya fama asombra
con los rayos de su espada
las regiones más remotas,
ese Narciso en la paz,
que por sus partes hermosas
es de todos envidiado,
como adorado de todas,
en esta dama, de quien
oculta el nombre mi boca,
por obedecerla a ella
y porque a vos no os importa,
puso, más ha de tres años,
la dulce vista engañosa,
pues a sus mudas palabras
no corresponden las obras.
Miró, sirvió y obligó,
porque son muy poderosas
diligencias sobre partes,
que solas por sí enamoran.
Al fin, en amor iguales
y en méritos, se conforman,
que si él es galán Adonis,
es ella Venus hermosa;
y porque a penas ardientes
dichoso término pongan,

51

declarados sus intentos,
alegres tratan sus bodas.
Entonces ella previno
éstas y otras ricas joyas,
como hermosas desdichadas,
malquistas como curiosas;
y cuando ya de Himeneo
el nupcial coturno adorna
el pie, y en la mano Juno
muestra la encendida antorcha;
cuando ya, ya al dulce efeto
falta la palabra sola
que eternas obligaciones
en breve sílaba otorga,
al Conde le sobrevino
una fiebre, si engañosa,
su mudanza lo publica,
su ingratitud lo pregona;
pues desde entonces, fingiendo
ocasiones dilatorias,
descuidadas remisiones
y tibiezas cuidadosas,
vino por claros indicios
a conocerse que sola
su mudada voluntad
los desposorios estorba.
Ella, del desdén sentida
y de la afrenta rabiosa,
pues hechos ya los conciertos,
quien se retira deshonra,
llegó por cautas espías
a saber que el Conde adora
otra más dichosa dama;
no sé yo si más hermosa,

porque con tanto secreto
su nuevo dueño enamora,
que viendo todos la flecha,
no hay quien la aljaba conozca.
Con esto, su cuerdo padre,
por consolar sus congojas,
a las bodas del Marqués
don Fadrique la conhorta;
mas cuando de su nobleza
y de sus partes heroicas
iban nuevas impresiones
borrando antiguas memorias,
vino a saber del Marqués
ciertas faltas mi señora,
para en marido insufribles,
para en galán fastidiosas;
y aunque parezca indecente
el referirlas mi boca,
y esté, de que han de ofenderos
los oídos, temerosa,
el secreto y el deseo
de serviros, y estar solas
aquí las tres, da disculpa
a mi lengua licenciosa.
Tiene el Marqués una fuente,
remedio que necios toman,
pues para sanar enferman,
y curan una con otra.
Tras esto, es fama también
que su mal aliento enoja,
y fastidia más de cerca
que él de lejos enamora;
y afirman los que le tratan
que es libre y es jactancioso

su lengua, y jamás se ha visto
una verdad en su boca.
Pues como en el verde abril
marchita el helado Bóreas
las flores recién nacidas,
las recién formadas hojas,
así mí dueño, al instante
que de estas faltas la informan,
del amor en embrión
el nuevo concepto aborta;
y con la misma violencia
que al arco la cuerda torna,
cuando, de membrado brazo
disparada, el viento azota,
de su Conde Carlos vuelve
a abrasarse en las memorias,
sus perfeciones estima
y sus desdenes adora.
Mas viendo, al fin, su deseo
imposible la vitoria,
pues son, cuando amor declina,
las diligencias dañosas,
despechada, muda intento,
y la deseada gloria
que no ha merecido deja
a otra mano más dichosa;
pues podrá quien goce al Conde
alabarse de que goza
el marido más bizarro
que ha celebrado la Europa.

Inés   Cuanto puedo os agradezco
la relación de la historia;
y a fe que me ha enternecido

                        la tragedia lastimosa
                        que en sus amantes deseos
                        ha tenido esa señora.

Blanca   Tenéis, al fin, sangre noble.
                        Mas, ¿qué decís de las joyas?

Inés   Que me agradan, mas quisiera,
                        para tratar de la compra,
                        que un oficial las aprecie.

Blanca   No puedo aguardar agora;
                        si gustáis, volveré a veros.

Inés   Será para mí lisonja;
                        que vos no me enamoráis
                        menos que ellas me aficionan.

Blanca   A veros vendré mil veces,
                        por ser mil veces dichosa.

(Aparte doña Blanca y Clavela.)

Clavela   Bien se ordena tu venganza.

Blanca   Ya he sembrado la discordia.
                        Pues soy despreciada Juno,
                        ¡muera Paris y arda Troya!

(Vanse las dos.)

Inés   ¡Hola Beltrán!

Beltrán   ¿Qué me quieres,

señora?

Inés

       Al punto partid,
y con recato seguid,
Beltrán, esas dos mujeres.
   Sabed su casa, y de suerte
el seguirlas ha de ser,
que ellas no lo han de entender.

Beltrán

Voy, señora, a obedecerte;
  y fía de mi cuidado
que lo que te han referido
averigüe; que escondido
su relación he escuchado.

(Vase.)

Inés

Hasta agora, ciego Amor,
libre entendí que vivía.
Ni tus prisiones sentía,
ni me inquietaba tu ardor.
  Pero ya, ¡triste!, presumo
que la libertad perdí;
que el fuego escondido en mí
se conoce por el humo.
  Causóme pena escuchar
los defetos del Marqués,
y de amor sin duda es
claro indicio este pesar.
  Cierto está que es de quererle
este efeto, pues sentí
las faltas que dél oí
como ocasión de perderle.
  Presto he pagado el delito

de seguir mi inclinación
y de hacer en la elección
consejero al apetito.
    No más Amor; que no es justo
tras tal escarmiento errar;
esposo, al fin, me ha de dar
el examen, y no el gusto.

(Sale el Marqués.)

Marqués (Aparte.)   (Corazón, ¿de qué os turbáis?
¿Qué alboroto, qué temor
os ocupa? Ya de amor
señales notorias dais.
    ¿Quién creyera tal mudanza?
Pero, ¿quién no la creyera,
si la nueva causa viera
de mi dichosa esperanza?
    Perdona, Blanca, si sientes
ver que a nueva gloria aspiro;
que en Inés ventajas miro,
y en ti miro inconvenientes.)
    Mi dicha, Marquesa hermosa,
ostenta ya, con entrar
a veros sin avisar,
licencias de vitoriosa;
    que le ha dado a mi esperanza,
para tan osado intento,
el amar, atrevimiento,
y el merecer, confianza.

Inés (Aparte.)   (Ya empiezo a verificar
los defetos que he escuchado,
pues a hablar no ha comenzado,

y ya se empieza a alabar.)
   Mirad que no es de prudentes
la propria satisfación,
y más donde tantos son
de mi mano pretendientes;
   y quien con tal osadía
presume, o es muy perfeto,
o si tiene algún defeto,
en que es oculto se fia;
   y es acción poco discreta
estar en eso fiado,
que a la envidia y al cuidado,
Marqués, no hay cosa secreta.

Marqués
   Bien me puede haber mentido
mi proprio amor lisonjero;
pero yo mismo, primero
que fuese tan atrevido,
   me examiné con rigor
de enemigo, y he juzgado
que puede estar confiado,
más que el de todos, mi amor.
   De mi sangre no podéis
negarme, Inés, que confía
con causa, pues es la mía
la misma que vos tenéis.
   De mi persona y mi edad,
si pesa a mis enemigos,
vuestros ojos son testigos.
No mendigáis la verdad.
   En la hacienda y el estado
ilustre en que he sucedido,
de ninguno soy vencido,
si soy de alguno igualado.

Mis costumbres, yo no digo
que son santas, mas al menos
son tales, que los más buenos
me procuran por amigo.

De mi ingenio no publica
mi lengua la estimación;
dígalo la emulación,
que ofendiendo califica.

Pues en gracias naturales
y adquiridas, decir puedo
que los pocos que no excedo
se jactan de serme iguales.

En las armas sabe el mundo
mi destreza y mi pujanza.
Hable el segundo Carranza,
el Narváez sin segundo.

Si canto, suspendo el viento;
si danzo, cada mudanza
hace, para su alabanza,
corto el encarecimiento.

Nadie es más airoso a pie;
que, puesto que del andar
es contrapunto el danzar,
por consecuencia se ve,

si en contrapunto soy diestro,
que lo seré en canto llano.
Pues a caballo, no en vano
me conocen por maestro

de ambas sillas los más sabios,
pues al más zaino animal
trueco en sujeción leal
los indómitos resabios.

En los toros, ¿quién ha sido
a esperar más reportado?

¿Quién a herir más acertado,
y a embestir más atrevido?
   ¿A cuántos, ya que el rejón
rompí y empuñé la espada,
partí de una cuchillada
por la cruz el corazón?
   Tras esto, de que la fama,
como sabéis, es testigo,
sé callar al más amigo
mis secretos y mi dama,
   y soy —que esto es lo más nuevo
en los de mi calidad—
amigo de la verdad
y de pagar lo que debo.
   Ved, pues, señora, si puedo
con segura presunción
perder en mi pretensión
a mis contrarios el miedo.

Inés (Aparte.)

(¡Qué altivo y presuntüoso!
¡Qué confiado y lozano
os mostráis, Marqués! No en vano
dicen que sois jactancioso.)
   Bien fundan sus esperanzas
vuestros nobles pensamientos
en tantos merecimientos;
mas a vuestras alabanzas
   y a las partes que alegáis,
hallo una falta, Marqués,
que no negaréis.

Marqués
                ¿Cuál es?

Inés
    Ser vos quien las publicáis.

Marqués	Regla es que en la propria boca
	la alabanza se envilece;
	mas aquí excepción padece,
	pues a quien se opone toca
	sus méritos publicar,
	por costumbre permitida;
	que mal, si sois pretendida
	de tantos, puedo esperar
	que los mismos, que atrevidos
	a vuestra gloria se oponen,
	mis calidades pregonen,
	si está en eso ser vencidos.
	Decirlas yo es proponer,
	es relación, no alabanza;
	alegación, no probanza,
	que ésa vos la habéis de hacer.
	Hacelda; y si fuere ajeno
	un punto de la verdad,
	a perder vuestra beldad
	desde agora me condeno.
Inés	Mucho os habéis arrojado.
Marqués	La verdad es quien me alienta.
Inés (Aparte.)	(¿Cómo puede ser que mienta
	quien habla tan confiado?
	¡Cielos santos! ¿Es posible
	que tales faltas esconda
	tal talle, y no corresponda
	lo secreto a lo visible?)
	Tales los méritos son
	que alegáis vos, y yo veo,

que si, como ya deseo
y espero, la relación
    verifica la probanza
que rigurosa he de hacer,
desde aquí os doy de vencer
seguridad, no esperanza;
    porque inclinada me siento,
si os digo verdad, Marqués,
a vuestra persona.

Marqués   Ése es
mi mayor merecimiento.
    ¿Qué más plena información
de méritos puedo hacer,
señora, que merecer
tan divina inclinación?
    Si en ése que tú me das,
Marquesa, a todos excedo,
está cierta que no puedo
ser vencido en los demás.

(Sale Beltrán.)

Beltrán   Llegada es ya la ocasión
en que es forzoso probarlos.

Marqués   Beltrán, ¿cómo?

Beltrán   El Conde Carlos,
con la misma pretensión,
    ha publicado, en servicio
de la Marquesa, un cartel,
y desafía por él
a todo ilustre ejercicio

de letras y armas a cuantos
al examen se han opuesto.

Marqués (Aparte.)   (¡El Conde! ¡Cielos! ¿Qué es esto?
El Conde solo, entre tantos
    amantes, basta conmigo
a obligarme a desistir;
que no es justo competir
con tan verdadero amigo.
    Mas ya por opositor
al examen me he ofrecido,
y nadie creerá que ha sido
la amistad, sino el temor,
    el que muda mi intención.
Pues, amigo, perdonad,
si prefiero a la amistad
las aras de la opinión.)

Inés   Marqués, parece que os pesa
y que os han arrepentido
las nuevas que habéis oído.

Marqués   Lo dicho, dicho, Marquesa.
    La suspensión que habéis visto
nació de que amigo soy
del Conde; mas ya que estoy
declarado, si desisto,
    lo podrá la emulación
a temor atribuir;
y es forzoso preferir
a la amistad la opinión;
    demás que vuestra beldad
es mi disculpa mayor,
si por las leyes de amor

	quebranto las de amistad.
Inés	Pues bien es que comencéis
	a vencer, yo a examinar;
	aunque no pienso buscar,
	si al Conde Carlos vencéis,
	otra probanza mayor.
Marqués	Si vos estáis de mi parte,
	ni temo en la guerra a Marte,
	ni en la paz al dios de amor.

(Habla aparte a Beltrán.)

Inés	¿Habéis sabido, Beltrán,
	la casa?
Beltrán	Ya la he sabido.
Inés	¡Oh, cielos! ¡Hayan mentido
	nuevas que tan mal me están!
	¡Que las señales desmienten
	defetos tan desiguales!
Beltrán	No des crédito a señales,
	si las del Marqués te mienten.

(Vanse.)

Marqués	¿De una vista, niño ciego,
	dejas un alma rendida?
	¿De una flecha, tanta herida
	y de un rayo, tanto fuego?
	¡Loco estoy! Ni resistir

ni desistir puedo ya;
todo mi remedio está
solo en vencer o morir.

(Sale el Conde Carlos.)

Carlos
Marqués amigo, ¿sabéis
el cartel que he publicado?

Marqués
Y me cuesta más cuidado
del que imaginar podéis.

Carlos
¿Por qué?

Marqués
En vuestro desafío
tenéis por opositor
a vuestro amigo el mayor.

Carlos
El mayor amigo mío
sois vos, Marqués.

Marqués
Pues yo soy.

Carlos
¿Qué decís?

Marqués
Cuanto me pesa
sabe Dios. Con la Marquesa
declarado, Conde, estoy;
después de estarlo he tenido
nuevas de vuestra intención;
si, salvando mi opinión
y sin que entiendan que ha sido
el desistir cobardía,
puedo hacerlo, vos el modo

trazad, pues siempre es en todo
vuestra voluntad la mía;
   que, pues por vos he olvidado,
tras de dos años de amor,
a doña Blanca, mejor
de este tan nuevo cuidado
   se librará el alma mía;
aunque, si el pecho os confiesa
lo que siente, la Marquesa
ha encendido en solo un día
   más fuego en mi corazón
que doña Blanca en dos años.
Mas libradme de los daños
que amenazan mi opinión
   si desisto de este intento,
y veréis si mi amistad
tropieza en dificultad
o repara en sentimiento.

Carlos   Culpados somos los dos,
Marqués, igualmente aquí;
que el recataros de mí
y el recatarme de vos
   en esto, nos ha traído
a lance tan apretado;
que uno y otro está obligado
a acabar lo que ha emprendido.

Marqués   Yo no soy culpado en eso;
que no quise publicar
mi intento por no quedar
corrido de mal suceso;
   y con esta prevención,
que pienso que fue prudente,

a doña Inés solamente
declaré mi pretensión.
   Y sabe Dios que mi intento
fue quererme divertir
de doña Blanca y cumplir
vuestro justo mandamiento.
   Y el cielo, Conde, es testigo
que, aunque en el punto que vi
a la Marquesa perdí
la libertad, fue conmigo
   de tanto efeto el oír
que érades también su amante,
que de mi intento al instante
determiné desistir;
   mas ella, que no confía
tanto de humana amistad,
lo que fue fidelidad
atribuyó a cobardía;
   y ésta es precisa ocasión
de proseguir: que si es justo,
Conde, preferir al gusto
la amistad, no a la opinión.

Carlos   Con lo que os ha disculpado
                  me disculpo: yo, ignorante
                  de que fuésedes su amante,
                  el cartel he publicado.
                     No puedo con opinión
                  de este empeño desistir;
                  que no lo ha de atribuir
                  a amistad la emulación.

Marqués   Eso supuesto, mirad,
                  Conde, lo que hemos de hacer.

Carlos	Competir, sin ofender las leyes de la amistad.
Marqués	Tened de mí confianza, que siempre seré el que fui.
(Vase.)	

Carlos	Y fiad que no haga de mí
	la competencia mudanza.
	   ¿Cuándo, ingrata doña Inés,
	ha de cesar tu crueldad?
	Cuando ya, por mi amistad,
	mudaba intento el Marqués,
	   ¿le obligaste al desafío,
	por darme pena mayor?
	¿Qué le queda a tu rigor
	que emprender en daño mío?

(Sale Beltrán.)	
Beltrán	¡Famoso Conde!
Carlos	¡Beltrán! ¿Qué hay del examen?
Beltrán	Señor, hoy de todo pretensor los méritos se verán.
Carlos	¿Qué ha sentido la Marquesa del cartel que he publicado?

Beltrán	La gentileza ha estimado con que vuestro amor no cesa de obligarla.
Carlos	Su rigor a lo menos no lo muestra.
Beltrán	No os quejéis; que culpa es vuestra conquistar ajeno amor, ingrato a quien os adora y por vos vive muriendo.
Carlos	¿Qué decís, que no os entiendo?
Beltrán	La Marquesa, mi señora, lo sabe ya todo: en vano os hacéis desentendido.
Carlos	¡Decid, por Dios! ¿Qué ha sabido? Del secreto os doy la mano, si es que os recatáis por eso. Solos estamos los dos.
Beltrán	Ha sabido que por vos pierde doña Blanca el seso.
Carlos	¿Qué doña Blanca?
Beltrán	De Herrera, la hija de don Fernando.
Carlos	Lo que os estoy escuchando es ésta la vez primera que a mi noticia llegó.

Beltrán	¡Bien, por Dios!
Carlos	Él es testigo de que la verdad os digo.
Beltrán	Pues, que lo sepáis o no, por vos vive en tal tormento y en tanto fuego abrasada Blanca, que desesperada quiere entrarse en un convento.
Carlos	¿Por mí?
Beltrán	Por vos.
Carlos	Mirad bien que os engañáis.
Beltrán	Ni yo dudo quién sois, ni engañarse pudo quien lo dijo.
Carlos	¿Pues de quién lo sabéis que no podía engañarse?
Beltrán	Helo sabido de una criada, que ha sido de quien ella más se fía.
Carlos	Otra vez vuelvo a juraros que he estado ignorante de ello.

Beltrán	Bien puede, sin entendello
	vos, doña Blanca adoraros;
	    que esas partes fortaleza
	mayor pueden sujetar,
	y ella de honesta callar,
	ciega de amor, su flaqueza,
	    que solo os puedo decir
	que quien me lo dijo fue
	con circunstancias que sé
	que no me pudo mentir.

Carlos (Aparte.)	(¿Puede ser esto verdad,
	cielo santo? Puede ser,
	que en antojos de mujer
	no es ésta gran novedad.
	    Pero no, el Marqués ha sido
	su amante. Mentira es.
	Pero bien pudo el Marqués
	amarla sin ser querido.
	    ¿Cómo me pudo tener
	tanta afición sin mostralla?
	Pero como honesta calla,
	si adora como mujer.
	    ¿Cómo mi amor la conquista
	sin comunicar con ella?
	Pero la honrada doncella
	tiene la fuerza en la vista.
	    Marquesa, si esto es verdad,
	al cielo tu sinrazón
	ofende, y me da ocasión
	de castigar tu crueldad.
	    Será de mí celebrada
	Blanca, principal y hermosa.
	Quizá pagarás celosa

lo que niegas confiada.
Mas, ¿qué haré? Que el desafío
me tiene empeñado ya.
El mismo ocasión me da
para el desagravio mío:
yo haré que tu confianza,
si el cielo me da vitoria,
donde espera mayor gloria,
me dé a mí mayor venganza.)
Adiós, Beltrán.

Beltrán   Conde, adiós.

Carlos   Mi pretensión ayudad.

Beltrán   Ya sabéis mi voluntad.

Carlos   Confiado estoy de vos.

(Vase.)

Beltrán   Lo que manda la Marquesa
comencemos a ordenar.

(Pone papeles sobre un bufete, y recado de escribir y un libro.)

¡Cielos! ¿En qué ha de parar
tan dificultosa empresa?

(Sale Clavela con manto.)

Clavela (Aparte.)   (Dicen que un loco hace ciento
y ya, por la ceguedad
de Blanca, en mí la verdad

del refrán experimento.
Oblígame a acreditar
su enredo con otro enredo.
Éste es Beltrán. Aquí puedo
su intención ejecutar.)
Suplícoos que me digáis
dónde hallaré un gentilhombre
de esta casa, cuyo nombre
es Beltrán.

Beltrán   Con él estáis.

Clavela   ¿Vos sois?

Beltrán   Yo soy.

Clavela   Buen agüero
del dichoso efeto ha dado,
haberos luego encontrado,
a lo que pediros quiero.

Beltrán   ¿En qué os puedo yo servir?

Clavela   Es público que se casa
la señora de esta casa.
Dicen que ha de recebir
    más criadas y quisiera,
pues tanto podéis, que fuese,
para que me recibiese,
vuestra piedad mi tercera;
    que ni por padres honrados,
ni por buena fama creo
que desprecie mi deseo.
En labores y bordados

hay en la corte muy pocas
que me puedan igualar;
si me pongo a aderezar
valonas, vueltas y tocas,
   no distingue, aunque lo intente,
la vista más atrevida,
si son de gasa bruñida
o de cristal transparente;
   y si de lo referido
pretendéis certificaros,
será fácil informaros
de la casa en que he servido;
   que su madre del Marqués
don Fadrique es buen testigo
de las verdades que digo.

Beltrán (Aparte.)   (Esta ocasión, cielos, es
   la que buscar he podido,
para informarme de todo
lo que pretendo.) ¿De modo
que habéis, señora, servido
   a la Marquesa?

Clavela   Diez años.

Beltrán   ¿Por qué causa os despidió
de su servicio?

Clavela (Aparte.)   (¡Cayó
en la red de mis engaños!)
   Si os he de decir verdad,
me habéis de guardar secreto.

Beltrán   Decid; que yo os lo prometo.

Clavela	Conquistó mi honestidad
	su hijo el Marqués de suerte
	que me despedí por él,
	y por eximirme de él
	tuviera en poco la muerte.
Beltrán	¿Por qué? Decid.
Clavela	Yo me entiendo.
Beltrán	¿No lo fiaréis de mí?
(Aparte.)	(La verdad descubro aquí.)
Clavela (Aparte.)	(¡En el lazo va cayendo!)
	No es oro todo, Beltrán
	lo que reluce. Secretos
	padece algunos defetos,
	aunque le veis tan galán,
	que da vergüenza el contarlos.
	¡Mirad qué será el tenerlos!
Beltrán	¿Y no puedo yo saberlos,
	supuesto que he de callarlos?
Clavela	Pues os he dicho lo más,
	y pues pretendo obligaros,
	tengo de lisonjearos
	diciéndoos lo que jamás
	mis labios han confesado.
	Tiene el Marqués una fuente;
	y el mayor inconveniente
	no es éste de ser amado.

Beltrán	¿Pues cuál?

Clavela	En una ocasión
	que me halló sola, en los lazos
	me prendió de sus dos brazos,
	y en la amorosa cuestión,
	    a mis labios atrevido,
	con su aliento me ofendió
	tanto, que me mareó
	el mal olor el sentido.
	    Por esto y por la opinión
	que tiene de mentiroso,
	hablador y jactancioso,
	tomé al fin resolución
	    de resistir y de huir
	el ciego amor que le abrasa
	por mí; y así de su casa
	me fue forzoso salir.

Beltrán	Decidme, ¿cómo os llamáis?
Clavela	Es mi nombre Ana María.
Beltrán	¿Dónde vivís?
Clavela	Una tía me alberga; mas pues tomáis mi cuidado a cargo vos, al mío queda el buscaros.
Beltrán	Importa no descuidaros.
Clavela	Dios os guarde.

Beltrán	Guárdeos Dios.

Clavela (Aparte.)	(Fuerza es que al fin se declare la verdad; mas haga el daño que hacer pudiere el engaño, y dure lo que durare.)

(Vase.)

Beltrán	Con tan clara información, las faltas son ciertas ya del Marqués, y perderá por ellas su pretensión.

(Sale doña Inés.)

Inés	¿Tenéis, Beltrán, prevenidos los memoriales?

Beltrán	Dispuestos están como has ordenado.

Inés	Pues llegad, llegad asientos. Sentáos, Beltrán. El examen en nombre de Dios empiezo.

(Siéntanse al bufete con un libro y memoriales.)

Beltrán	Este billete, señora, es de don Juan de Vivero.

Inés (Lee.)	Breve escribe. Dice así: «Si os mueven penas, yo muero.» Esto de muero es vulgar;

	mas por lo breve es discreto.
Beltrán	Hecha tengo su consulta.
Inés	Decid.

(Lee en el libro.)

Beltrán
«Don Juan de Vivero,
mozo, galán, gentilhombre,
y en sus acciones compuesto;
seis mil ducados de renta;
galiciano caballero.
Es modesto de costumbres,
aunque dicen que fue un tiempo
a jugar tan inclinado,
que perdió hasta los arreos
de su casa y su persona;
pero ya vive muy quieto.»

Inés
El que jugó jugará;
que la inclinación al juego
se aplaca, mas no se apaga.
Borralde.

Beltrán
Ya te obedezco.

Inés
Proseguid.

Beltrán
Éste es don Juan
de Guzmán, noble mancebo.

(Dale un papel a Inés.)

Inés	¿No es éste el que ayer traía una banda verde al cuello?
Beltrán	Ése mismo.
Inés	Pues yo dudo que escape de loco o necio; que preciarse de dichosos nunca ha sido acción de cuerdos.
(Lee Inés.)	«En tanto que el máximo planeta en giro veloz ilustre el orbe, y sus piramidales rayos iluminan mis vítreos ojos...» ¡Oh, qué fino mentecato!
Beltrán	¡Y qué puro majadero!
Inés	¡A una mujer circunloquios y no usados epitetos!
Beltrán	¿Quieres oír su consulta?
Inés	No, Beltrán; borralde presto, y al margen poned así:

(Escribe Beltrán en el libro.)

          «Éste se borra por necio.
          No se consulte otra vez,
          porque es falta sin remedio.»

Beltrán	Ya está puesto. El que se sigue es don Gómez de Toledo, que la cruz de Calatrava

ostenta en el noble pecho.
Hombre que anda a lo ministro,
capa larga y corto cuello,
levantado por detrás
el cuello de ferreruelo,
el paso compuesto y corto,
siempre el sombrero derecho,
y un papel en la pretina;
maduro en años y en seso.

Inés   Apruebo el seso maduro,
maduros años no apruebo
para en marido, Beltrán.

Beltrán   Es maduro, mas no es viejo.

Inés   Va la consulta.

Beltrán   Es Hurtado
de Mendoza.

Inés   ¿De los buenos?

Beltrán   De los buenos.

Inés   Será vano.

Beltrán   Es pobre.

Inés   Serálo menos.

Beltrán   Tiene esperanza de ser
de una gran casa heredero.

Inés	No contéis por caudal proprio
	el que está en poder ajeno;
	y más donde el morir antes
	o después es tan incierto.
Beltrán	Pretende oficios.
Inés	¿Pretende?
	¡Triste de él! ¿Tenéis por bueno
	para mi marido a quien
	ha de andar siempre pidiendo?
Beltrán	Un virreinato pretende.
Inés	¿Virreinato cuando menos?
	¡Mirad si digo que es vano!
Beltrán	Tiene, para merecerlo,
	innumerables servicios.
Inés	A maravedís los trueco;
	que méritos no premiados
	son litigiosos derechos.
Beltrán	Solo entre sus buenas partes
	se le conoce un defeto.
Inés	¿Cuál?
Beltrán	Es colérico adusto.
Inés	¡Peligroso compañero!
Beltrán	Mas dicen que aquella furia

	se le pasa en un momento,
	y queda apacible y manso.
Inés	Si con el ardor primero
	me arroja por un balcón,
	decidme, ¿de qué provecho,
	después de haber hecho el daño
	será el arrepentimiento?
Beltrán	¿Borrarélo?
Inés	Sí, Beltrán;
	que elegir esposo quiero
	a quien tenga siempre amor,
	no a quien siempre tenga miedo,
Beltrán	Ya está borrado. Consulta
(Lee en el libro.)	de don Alonso...
Inés	Ya entiendo.
Beltrán	Éste tiene nota al margen,
	que dice: «Merced le han hecho
	de un hábito, y no ha salido.
	Consultéseme en saliendo».
Inés	¿Ha salido?
Beltrán	No, señora.
Inés	Harta lástima le tengo.
	Beltrán, el que hábito pide,
	más pretende, según pienso,
	dar muestra de que es bienquisto,

que no de que es caballero.
Adelante.

Beltrán   Don Guillén
de Aragón se sigue luego,
de buen talle y gentil brío;
sobre un condado trae pleito.

Inés   ¿Pleito tiene el desdichado?

Beltrán   Y dicen que con derecho;
que sus letrados lo afirman.

Inés   Ellos, ¿cuándo dicen menos?

Beltrán   Gran poeta.

Inés   Buena parte,
cuando no se toma el serlo
por oficio.

Beltrán   Canta bien.

Inés   Buena gracia en un soltero,
si canta sin ser rogado,
pero sin rogar con ello.

Beltrán   En latín y griego es docto.

Inés   Apruebo el latín y el griego;
aunque el griego, más que sabios,
engendrar suele soberbios.

Beltrán   ¿Qué mandas?

Inés	Que se consulte, si saliere con el pleito.
Beltrán	El que se sigue es don Marcos de Herrera.
Inés	Borraldo luego; que don Marcos y don Pablo, don Pascual y don Tadeo, don Simón, don Gil, don Lucas, que solo oírlos da miedo, ¿cómo serán si los nombres se parecen a sus dueños?
Beltrán	Del marques napolitano la consulta te refiero.
Inés	Beltrán, títulos de Italia son moneda de otro reino, y no quiero yo marido que ande con los caballeros de España sobre llamarle señoiía, siempre a pleito. Voluntarias señorías son forzosos sentimientos, que hay hidalgo presumido, de montañés abolengo, que por darles a los tales con la merced, por momentos se les hará encontradizo.
Beltrán	Bórrolo, pues, y te leo los méritos y consulta

	del Conde don Juan.
Inés	Ya entiendo.
Beltrán	Es andaluz, y su estado es muy rico y sin empeño, y crece más cada día, que trata y contrata.
Inés	Eso en un caballero es falta; que ha de ser el caballero ni pródigo de perdido, ni de guardoso avariento.
Beltrán	Dicen que es dado a mujeres.
Inés	Condición que muda el tiempo. Casará y amansará al yugo del casamiento.
Beltrán	No es puntüal.
Inés	Es señor.
Beltrán	Mal pagador.
Inés	Caballero.
Beltrán	Avalentado.
Inés	Andaluz.
Beltrán	Es viudo.

Inés	Borralde presto;
	que quien dos veces se casa,
	o sabe enviudar o es necio.

Beltrán	El Conde Carlos se sigue.
	Éste tiene gran derecho,
	que es noble, rico y galán,
	y de muchas gracias lleno.

| Inés | Sí; mas tiene una gran falta. |

| Beltrán | ¿Y cuál es? |

| Inés | Que no le quiero. |

| Beltrán | ¿Borrarélo? |

| Inés | No, Beltrán, |
| | ni lo borro ni lo apruebo. |

| Beltrán | Solo el Marqués don Fadrique |
| | resta ya. Sus partes leo. |

Inés	Decidme; ¿qué información
	hallastes de los defetos
	que aquella mujer me dijo?

| Beltrán | ¡Que son todos verdaderos! |

| Inés | ¿Que son ciertos? |

| Beltrán | Ciertos son. |

(Levántase derribando el bufete.)

Inés

Pues borralde... Mas, iteneos!
No le borréis; que es en vano,
entre tanto que no puedo,
como su nombre en el libro,
borrar su amor en el pecho.

(Vase.)

Beltrán

Con las tablas de la ley
diste, señora, en el suelo.
No hallarás perfeto esposo;
que caballo sin defeto,
quien lo busca, desconfía
de andar jamás caballero.

Fin de la segunda jornada

Jornada tercera

(Dentro ruido de cascabeles y atabales. Salen Hernando por una puerta, y por otra Ochavo.)

Hernando ¡Vítor el Conde Carlos! ¡Vítor!

Ochavo ¡Cola!
¡El Marqués don Fadrique, vítor!

Hernando ¡Mientes!

Ochavo Lacayo vil, ¿tu lengua niega sola
lo que afirman conformes tantas gentes?

Hernando Tú, como infame, mientes por la gola;
que no han sido los votos diferentes
en dar al Conde Carlos la vitoria.

Ochavo El premio nos dirá cúya es la gloria.

Hernando Más entiendes de vinos que de lanzas.
Llevóse el Conde Carlos la sortija
dos veces, ¿y te quedan esperanzas
de que a tu dueño la Marquesa elija?

Ochavo ¡Triste, que ni el primero punto alcanzas
de vinos ni de lanzas! No colija
tu pecho de eso el lauro que te ofreces;
que el Marqués la ha llevado otras dos veces

Hernando El Conde, por ventura, en el torneo,
¿en todo no ha quedado ventajoso?

Ochavo	O estás loco, o te miente tu deseo.
	¿El premio no llevó de más airoso
	el Marqués, mi señor?

(Miran adentro.)

Hernando	Al Conde veo
	que el premio dan.

Ochavo	No estés presuntüoso;
	que otro dan al Marqués.

Hernando	¿Hay tal sentencia?
	¡Que igualen tan notoria diferencia!

Ochavo	Juzgólo el Almirante, y corresponde
	a quien es.

| Hernando | Será un necio quien replique. |

| Ochavo | Su premio guarda en la urna blanca el Conde |

Hernando	Y el suyo le presenta don Fadrique
	a la Marquesa.

Ochavo	Gran misterio esconde,
	y rabio por saber qué signifique.
	En balcón blanco, que al del alba imita,
	blanca urna en que los premios deposita.

Hernando	A su tiempo dirá. La fiesta ha dado
	fin; la Marquesa deja la ventana.

| Ochavo | Y ya nuestros dos dueños han dejado |

sus dos caballos.

Hernando
                              Hoy el Conde gana
la vitoria del bien que ha deseado.

Ochavo
                    Hoy goza de su prenda soberana
el Marqués.

Hernando
                              Ellos vienen.

Ochavo
                              Pues veamos
cómo se hablan agora nuestros amos.

(Salen el Conde Carlos y el Marqués, aderezados de sortija el Conde de blanco, y el Marqués de verde.)

Carlos
                    Marqués, mil norabuenas quiero daros
del aire, de la gala y bizarría
con que corrido habéis. Pudo invidiaros
en todo el mismo autor del claro día.

Marqués
                    El alabarme, Conde, es alabaros;
lisonja es vuestra la lisonja mía,
que si a vos solo merecí igualarme,
gusto que os alabéis con alabarme.

Ochavo
                    ¡Qué honrado competir!

Carlos
                         Fue la sentencia
como de tal señor.

Marqués
                              El Almirante
honra como quien es.

Ochavo	¿Quién competencia tan noble ha visto en uno y otro amante?
Carlos	Marqués, pediros quiero una licencia.
Marqués	Si soy vuestro, y no tiene semejante la amistad que profeso yo teneros, solo os puedo negar el concederos. ¿Licencia puedo dar a quien de todo es dueño, a quien gobierna mí albedrío? Tomalda, Conde, vos; que de ese modo os puedo dar lo que tenéis por mío; y para daros a entender del todo cuánto soy vuestro y cuánto en vos confío, si sin pedirla no queréis tomarla, yo, sin saberla, tengo de otorgarla.
Carlos	Solo quiero saber...
Marqués	No digáis nada, o mi amistad de vos será ofendida.
Carlos	¿Amáis a la Marquesa?
Marqués	No es amada en su comparación de mí la vida.
Carlos	¿Y Blanca?
Marqués	Es ya de mí tan olvidada, que aun haberla querido se me olvida.
Carlos	Con eso tomo la licencia, amigo. Hago lo que mandáis, y no os lo digo.

(Vanse el Conde Carlos y Hernando.)

Ochavo   Por Dios, señor, que has andado
tan gallardo y tan lucido,
que la invidia ha enmudecido,
la soberbia te ha invidiado.
    Bien puede el Conde alabarse
de ser vencido.

Marqués   Eso no;
ni pude vencerlo yo,
ni quien lo juzgó engañarse.

Ochavo   Eso sí; que es señal clara
de los nobles corazones
igualar en las razones
las espaldas con la cara.

Marqués   Al cuarto de doña Inés
hemos llegado.

Ochavo   Ella viene.

(Salen doña Inés, Beltrán y Mencía.)

Inés (Aparte.)   (¡Ah, cielos! ¿Qué imperio tiene
en mi albedrío el Marqués,
    que en viéndole, mi deseo
pone al instante en olvido
las faltas que dél he oído,
por las partes que en él veo?)

Marqués   Huélgome, hermosa señora,

que abreviaréis la elección,
pues dos solamente son
los que os compiten agora;
    porque a los demás, vencidos,
la suerte los excluyó.
El Conde Carlos y yo
quedamos para eligidos.
    Iguales nos han juzgado
en la sortija y torneo.
No sé yo si su deseo
iguala con mi cuidado;
    sé que si me vence a mí
en la gloria que pretendo,
tengo de mostrar, muriendo,
lo que amando merecí.

Inés   No importa, Marqués, que vos
                    y el Conde solos quedéis
                    para abreviar, cuando veis
                    que el ser iguales los dos
                        me pone en más confusión;
                    porque en muchos desiguales,
                    más fácil que en dos iguales
                    se resuelve la elección.
                        Pero ya prevengo un medio
                    con que me he de resolver.
(Aparte.)   (Dilaciones son, por ver
                    si el tiempo me da remedio.)

Ochavo   ¿Cuándo, enemiga Mencía,
                    tu dureza he de ablandar?
                    ¡Que no te quieras casar!
                    Solo en mi daño podía
                        tan gran novedad hallarse;

	pues para darme querella, eres la primer doncella que no rabia por casarse.
Mencía	Sí quiero; mas no te quiero.
Ochavo	Pues si por mí no lo acabo, puédalo el llamarme Ochavo; que eres mujer, y es dinero.
Mencía (Aparte.)	(¡Que no puedo yo librarme de este amante porfiado! Mas sí puedo. De su enfado una burla ha de vengarme.) 　¿Diré, Ochavo, la verdad?
Ochavo	Díla, si es en mi favor.
Mencía	Tu amor pago con amor.
Ochavo	¿De veras?
Mencía	Mi voluntad 　esta noche ha de dar fin a tu firme pretensión.
Ochavo	¿Mas qué tenemos? ¿Balcón, o puerta falsa, o jardín?
Mencía	No tanto lo que desea mi ciego amor dificulta. Ese tafetán oculta, Ochavo, una chimenea. 　Escóndete en ella, agora

que en plática están los tres
divertidos; que, después
que se acueste mi señora,
   yo, que soy su camarera,
saldré a esta cuadra, y tendrás
de lo que oyéndome estás
información verdadera.

Ochavo   Al paso que se desea,
se duda y se desconfía.
Obedézcote, Mencía,
y doyme a la chimenea.

(Vase.)

Marqués   ¿Los ingenios intentáis
examinarnos?

Inés   Si iguales
los méritos corporales
a los del alma juzgáis,
   erráislo; y se precipita
la que así no se recata;
que con el alma se trata,
si con el cuerpo se habita.

Marqués   ¡Ay, mi bien! Que no lo siento
porque me causa temor;
que en las alas de mi amor
volará mi entendimiento.
   Siéntolo, Inés, porque veo
que son todas dilaciones,
solicitando ocasiones
de no premiar mi deseo.

Mirad que muero de amor.

Inés   ¡Qué mal, Marqués, lo entendéis!
             Las dilaciones que veis
             son solo en vuestro favor;
             que nadie en mi pensamiento
             os hace a vos competencia;
             solo está de mi sentencia
             en vos el impedimento.

Marqués   ¡Declárate! ¿Así te vas?

Inés   Basta, Marqués, declararos
             que ni puedo más amaros
             ni puedo deciros más.

(Vase doña Inés con Mencía.)

Marqués   ¡Cielos! ¿Qué es esto? Sacad,
             Beltrán, de esta confusión
             mi afligido corazón.

Beltrán   Sabe Dios mi voluntad;
                mas hame puesto preceto
             del silencio doña Inés,
             y no querréis vos, Marqués,
             que os revele su secreto.

Marqués (Aparte.)   (De la vil emulación
             sin duda nace este engaño,
             y puede más en mi daño
             la envidia que la razón.
                Mas, ¿por que, enemiga ingrata,
             me matas con encubrirlo?

Matárasme con decirlo,
pues el callarlo me mata.)

(Vase el Marqués.)

Beltrán   Sáquennos con bien los cielos
                           de intento tan peligroso.

(Sale Inés.)

Inés   ¿Fuese?

Beltrán   Corrido y quejoso,
                           ardiendo en cólera y celos.
                              Y tiene, por Dios, razón,
                           si atenta lo consideras;
                           que declararle pudieras
                           de su daño la ocasión.

(Ochavo se asoma al paño y escucha.)

Inés   Bien lo quisieran mis males;
                           pero nadie, si es discreto,
                           dice al otro su defeto;
                           y los del Marqués son tales,
                              que la vergüenza no deja
                           referirlos, y es más sabio
                           intento excusar su agravio,
                           que satisfacer su queja.

(Escucha Ochavo desde el paño.)

Ochavo (Aparte.)   (¿Qué serán estos defetos?)

98

Inés	Decid: ¿quién, si en la opinión del Marqués al mundo son sus defetos tan secretos que eso le da confianza, le dirá faltas tan feas?

Beltrán	Yo, señora, si deseas
	no dar causa a su venganza.
	   Porque tener una fuente
	es enfermedad, no error;
	de la boca el mal olor
	es natural accidente,
	   el mentir es liviandad
	de mozo, no es maravilla,
	y vendrán a corregilla
	la obligación y la edad.
	   Éstos sus defetos son;
	pues él los pregunta, deja
	que yo mitigue su queja
	y aclare su confusión.

Ochavo (Aparte.)	(¡Hay tal cosa!)

Inés	Mal sabéis
	cuánto amarga un desengaño.
	Aunque remediéis su daño
	con eso, le ofenderéis;
	   que aun los públicos defetos
	hace, quien los dice, ofensa.
	¿Qué será si el Marqués piensa
	que los suyos son secretos?
	   Si son ciertos, la razón
	con que le dejo verá,
	o el tiempo descubrirá

la verdad, si no lo son;
   que a esto solo mi cuidado
con la dilación aspira.

Beltrán

Señora, si ella es mentira,
¡lindamente la han trazado!

Inés

¿Qué ocasión a la criada
de Blanca pudo mover
a mentir?

(Vase doña Inés.)

Beltrán

          Toda mujer
es a engañar inclinada.

(Vase Beltrán.)

Ochavo

   ¿Esto pasa? ¿Que escondido
tanto mal tenga el Marqués?
¿Que lo sepa doña Inés,
y yo no lo haya sabido?
   ¿Quién puede haber que lo crea?
¿Que de mentiroso tiene
opinión?... Mas gente viene;
vuélvome a la chimenea.

(Vase. Salen Blanca y Clavela, a la ventana.)

Clavela

¿Qué querrá tratar contigo
el Conde Carlos?

Blanca

         Él es,
como sabes, del Marqués

don Fadrique fiel amigo,
    y decirme de su parte
alguna cosa querrá.

Clavela   ¿Si está arrepentido ya
                 de mudarse y de agraviarte?

Blanca   No vuela con tanto aliento
                 mi esperanza.

Clavela   Pues, señora,
                 ¿quieres saber lo que agora
                 me ha dictado el pensamiento?

Blanca   Dilo.

Clavela   El Conde te ha mirado
                 en la sortija y torneo
                 tanto, que de algún deseo
                 me da indicio su cuidado.

Blanca   ¿Eso dices, cuando ves
                 que es doña Inés su esperanza?

Clavela   ¿No hay en el amor mudanza?

Blanca   Siendo amigo del Marqués,
                   ¿he de creer que pretende
                 las prendas que él adoró?

Clavela   Si ya el Marqués te olvidó,
                 con amarte, ¿qué le ofende,
                   supuesto que es tan usado
                 en la corte suceder

el amigo en la mujer
que el otro amigo ha dejado,
    sin que esta ocasión lo sea
para poder dividirlos?
Que dicen que esos puntillos
son para hidalgos de aldea.

Blanca   Presto el misterio que esconde
                   su venida y su intención
                   conoceré. Hacia el balcón
                   viene un hombre.

Clavela   Será el Conde.

(Sale el Conde Carlos, de noche.)

Carlos (Aparte.)   (Amor, como son divinos,
                   son tus intentos secretos,
                   pues dispensas tus efetos
                   por tan ocultos caminos.
                       ¿Quién pensara que la fama
                   de que a Blanca doy cuidado,
                   hubiera en mí despertado
                   tan nueva amorosa llama,
                       que funde ya mi esperanza
                   en ella su dulce empleo,
                   y prosiga mi deseo
                   lo que empezó mi venganza?
                       De amar es fuerte incentivo
                   ser amado; que el rigor
                   mata el más valiente amor
                   y apaga el ardor más vivo.
                       Mas ya Blanca en su balcón
                   me espera. ¡Qué puntüal!

Es fuego el amor, y mal
se encubre en el corazón.)
¿Es Blanca?

Blanca   ¿Es Carlos?

Carlos   Soy, señora mía,
el hombre más dichoso
de cuantos ven la luz del claro día;
si bien estoy quejoso
del tiempo que el recato me ha tenido
oculto el alto bien que he merecido.

Blanca   No os entiendo.

Carlos   Señora,
baste el silencio, baste el sufrimiento;
dos años basten ya que el pensamiento,
sin producir acciones,
ardiendo reprimió vuestras pasiones.

Blanca   Hablad; que menos os entiendo agora.

Carlos   En vano es, Blanca, ya vuestro recato.
Declararos podéis; no soy ingrato.

Blanca   Vos, Conde, os declarad.

Carlos   Cuando la fama
publica ya, partera,
que el Sol ha iluminado
dos veces ya los signos de su esfera,
después que arde en mi amor vuestro cuidado
y que os obliga la desconfianza

de ser mi dulce esposa, a la mudanza
del secular al religioso estado,
¿os preciáis de secreta y recatada,
porque tal gloria goce yo penada?

(Hablan aparte doña Blanca y Clavela.)

Blanca   Este daño resulta de mi engaño.

Clavela   No es, si ganas al Conde, mucho el daño.

Carlos   ¿Por ventura teméis que el pecho mío
                no os corresponda, Blanca? ¿Por ventura
                —demás que esa beldad os asegura
                la vitoria del más libre albedrío—
                no os han dicho mis ojos,
                mis colores, divisas y libreas,
                mis ardientes enojos?
                En lo blanco y lo verde, ¿quién no alcanza
                que di a entender que es Blanca mi esperanza
                ¿No adorné en la sortija y el torneo
                de blanco una ventana? ¿Y puesta en ella
                no vistes la urna breve,
                émula de la nieve,
                mostrando por enigmas mi deseo,
                poniendo en ello del marcial trofeo
                los premios que gané, con que mostraba
                que a esa blanca deidad los dedicaba?
                En las cañas, ¿mi adarga en campo verde
                no llevaba una blanca,
                cuya letra en el círculo decía:
                «Trueco a una Blanca la esperanza mía»?
                Tras esto, ¿yo no vengo ya rendido?
                Pues, mi bien, ¿qué os impide o qué os enfrena

de sacarme y salir de tanta pena?

(Hablan aparte Clavela y doña Blanca.)

Clavela   Goza de la ocasión, señora mía;
               que rabio ya por verte señoría.

Blanca (Aparte.)   (¿Qué recelo? ¿Qué dudo?
               ¿Con qué medio mejor la suerte pudo
               disponer mi remedio y mi venganza?
               ¡Pague el Marqués mi agravio y su mudanza!)
               Conde, ya llegó el tiempo que mi pecho,
               de las verdades vuestras satisfecho,
               descanse de sus penas;
               que si llegaba el fuego a las almenas
               antes de ser pagado,
               ¿qué será cuando veo
               que el vuestro corresponde a mi deseo?

Carlos   ¿Que alcanzo tanta gloria?

Blanca   Ha mucho que gozáis esta vitoria.
               Mas, Conde, gente viene, y es muy tarde.
               Tratadlo con mi padre, y Dios os guarde.

(Vanse doña Blanca y Clavela.)

Carlos   Adiós, querida Blanca. ¡Amor, vitoria!
               ¿Qué gracias te daré por tanta gloria,
               pues en un punto alcanza
               mi amor de Blanca amor, de Inés venganza?

(Sale el Marqués, de noche.)

Marqués	¿Es el Conde?
Carlos	¿Es el Marqués?
Marqués	¡Vos tan tarde, Conde, aquí?
Carlos	Sí, que os solicito así, la dicha de doña Inés.
Marqués	¿Cómo?
Carlos	La mano le doy, si vos licencia me dais,

Marqués	Al cuello me echáis,
	Conde, nuevos lazos hoy;
	    pues aunque el amor cesó,
	la obligación del deseo
	de su merecido empleo
	viva en el alma quedó.
	    Pues en tan noble marido
	mejorada suerte alcanza,
	no se queje su esperanza
	de que mi mano ha perdido.

Carlos (Aparte.)	(Esto es bueno, ¡para haber dos años que a mí me adora doña Blanca!) Nadie agora os queda ya que temer.
Marqués	¡Ay de mí, Conde, que es vano vuestro cuidado y el mío, cuando alcanzar desconfío de la Marquesa la mano!

Que de sus labios oí
—ved si con causa lo siento—
que estaba el impedimento
de alcanzarla solo en mí.
   No dijo más la cruel.
Conde, solo estáis conmigo,
mi amigo sois, y el amigo
es un espejo fiel.
   En vos a mirarme vengo.
Sepa, yo, Carlos, de vos,
por vuestra amistad, por Dios,
¿qué secreta falta tengo,
   que cuando a mí se me esconde,
la sabe Inés? ¿Por ventura
de mi sangre se murmura
alguna desdicha, Conde?
   Habladme claro. Mirad
que he de tener, ¡vive Dios!
si esto no alcanzo de vos,
por falsa vuestra amistad.

Carlos   Estad, Marqués, satisfecho,
que a saberlo, os lo dijera;
y si no es la envidia fiera
la que tal daño os ha hecho,
   el ingenio singular
de Inés me obliga a que arguya
que ésa es toda industria suya,
con que intentando no errar
   la elección, os obligó
a que os miréis y enmendéis,
si algún defeto tenéis
que vos sepáis, y ella no.
   Mas si de vuestra esperanza

marchita el verdor lozano
la envidia infame, esta mano
y este pecho a la venganza
   tan airado se previene,
que el mundo todo ha de ver
que nadie se ha de atrever
a quien tal amigo tiene.

Marqués

   Bien sabéis vos que os merece
mi amistad esa fineza.

Carlos

Ya la purpúrea belleza
del alba en perlas ofrece
   por los horizontes claros
el humor que al suelo envía.

Marqués

Aquí me ha de hallar el día.

Carlos

Fuerza será acompañamos.

Marqués

   No, Conde; que estos balcones
de Inés quiero que me vean
solo, y que testigos sean
de que en mis tristes pasiones
   aguardo aquí solo el día,
solo por más sentimiento,
que la pena y el tormento
alivia la compañía.
   Vos es bien que os recojáis.
Descansad, pues sois dichoso.

Carlos

Mal puedo ser venturoso
mientras vos no lo seáis.

(Vase el Conde Carlos. Sale Ochavo, en lo más alto del corredor, tiznado.)

Ochavo	¡Gracias a Dios que he salido
ya de esta vaina de hollín!
¡Ah, vil Mencía! Tu fin
burlarme en efeto ha sido.
Al tejado menos alto
de uno en otro bajaré,
porque dél al suelo dé
menos peligroso salto.

Marqués (Aparte.)	(Parece que sobre el techo
de Inés anda un hombre. ¡Cielos!
¿Qué será? ¡Ah, bastardos celos,
qué asaltos dais a mi pecho!
¿De Inés puede ser manchada
tan vilmente la opinión?
No es posible. Algún ladrón
será, o de alguna criada
será el amante. Verélo;
que parece que procura,
disminuyendo la altura,
bajar de uno en otro al suelo.)

Ochavo (Aparte.)	(De aquí he de arrojarme al fin,
que es el postrer escalón.
¡Válgame en esta ocasión
algún santo volatín!)

(Salta al teatro y tiéndese, y el Marqués pónele la espada al pecho.)

Marqués	¡Hombre, tente y di quién eres!

Ochavo	¡Hombre, tente tú!, que a mí,

si me ves tendido aquí,
¿qué más tenido me quieres?

Marqués   ¿Es Ochavo?

Ochavo   ¿Es mi señor?

Marqués   Díme, ¿qué es esto?

Ochavo   No es nada.
Burla ha sido, aunque pesada;
mas son percances de amor.

Marqués   ¿Cómo?

Ochavo   Esa cruel Mencía
esta noche me ha tenido
entre el hollín escondido,
y vino al romper del día
    diciendo que su señora
su intento había sospechado,
y que con ese cuidado
se estaba vistiendo agora
    con su gente, para ver
la casa; yo, que me vi
en tal peligro, salí
como bala, por poder
    librarme, por el cañón
de esa ahumada chimenea.

Marqués   ¡Por Dios, que estoy porque vea
tu atrevida pretensión
    la pena de tu locura!
¿De casa que me ha de honrar

te atreviste a quebrantar
la opinión y la clausura?

Ochavo   El amor me ha disculpado;
y basta, señor, por pena
haber, perdiendo la cena,
toda una noche esperado,
    y haber el refrán cumplido
de «si pegare, y si no,
tizne», pues que no pegó,
y tan tiznado he salido.

Marqués   Necio, no estoy para oír
tus gracias.

Ochavo   ¡Yo sí, Marqués,
para decirlas, después
que sin cenar ni dormir
    toda la noche he velado!
Mas siempre los males son
por bien, pues por el cañón
no cupiera a haber cenado;
    y el descuento está bien llano
que de este trabajo tuve,
pues de no cenar, estuve
para saltar más liviano.
    Demás, que lo que he sabido
esta noche me ha obligado
a dar por bien empleado
cuanto mal me ha sucedido.

Marqués   ¿Cómo?

Ochavo   ¿Lo que algún contrario

tuyo ha sabido de ti,
encubres, Marqués, de mí,
tu amigo y tu secretario?
    ¿Fuente tienes, y la cura
otro que yo?

Marqués   ¿Fuente yo?

Ochavo   ¿Doña Inés lo sabe, y no
Ochavo?

Marqués   ¡Hay tal desventura!
             ¿Eso han dicho a doña Inés?

Ochavo   Ten paciencia; que otras cosas
más ocultas y afrentosas
le han dicho de ti, Marqués.

Marqués   Acaba, dílas.

Ochavo   A enfado
dice, señor, que provoca
el aliento de tu boca.
¡Mira tú a quien has besado
    sobre ahíto y en ayunas,
o después de comer olla,
ajos, morcilla, cebolla,
habas verdes o aceitunas!

Marqués   ¡Hay tal maldad! Cosas son
que trazan envidias fieras.

Ochavo   ¡Dichoso tú, si pudieras
dar de ellas información

de lo contrario a tu ingrata!
Mas esto es nada, señor;
lo que falta es lo peor,
y lo que más la recata.

Marqués
El veneno riguroso
me da de una vez.

Ochavo
Pues, ¿quieres
sabello? Hanle dicho que eres
hablador y mentiroso.

Marqués
¡Cielos! ¿Qué furias son éstas
que en mí ejecutan sus iras?
¿Qué traiciones, qué mentiras,
con tal ingenio compuestas,
que es imposible que de ellas
darle desengaño intente?

Ochavo
En fin, ¿tú no tienes fuente?

Marqués
¿Quieres que en vivas centellas
te abrase mi furia?

Ochavo
No;
mas, señor, si son mentiras,
efeto son de las iras
que en doña Blanca encendió
el ser de ti desdeñada;
porque, según entendí,
quien esto dijo de ti,
fue de ella alguna criada.

Marqués
La vida me has dado agora;

que el remedio trazaré
fácilmente, pues ya sé
de estos engaños la autora.

Ochavo   Pues vámonos a acostar,
                  en pago de tales nuevas.

Marqués (Aparte.) (Por más máquinas que muevas,
                  Blanca, no te has de vengar.)

(Vanse Ochavo y el Marqués. Salen doña Inés, Beltrán: y Mencía.)

Inés   Hoy es, Beltrán, ya forzoso
                  dar fin a mis dilaciones.

Beltrán   No te venzan tus pasiones.
                  Haz al Conde venturoso,
                      pues en partes ha excedido
                  a todos.

Inés   Hoy mi sentencia,
                  si no es que en la competencia
                  de ingenios quede vencido,
                      le da el laurel vitorioso.

Mencía   Yo pienso que ha de venir
                  toda la corte a asistir
                  al certamen ingenioso.

Inés   Así tendrá la verdad
                  más testigos, y el deseo
                  con que acertar en mi empleo
                  y cumplir la voluntad
                      de mi padre he pretendido,

114

notorio al mundo será.

(Salen el Conde Carlos, don Juan, don Guillén y don Juan de Cumán y el Conde Alberto.)

Alberto   Aunque del examen ya
                           doña Inés nos ha exclüido,
                               no es bien que nos avergüence.
                           La fiesta podemos ver;
                           que en elección de mujer
                           el peor es el que vence.

Guillén   Yo, a lo menos, no he tenido
                           a infamia el ser reprobado.

Juan   Yo, por no verme casado,
                           no siento el haber perdido.

(Salen el Marqués y el Conde Carlos por otra parte, y Ochavo.)

Carlos   ¿Que tal quiso acreditar
                           la envidia?

Marqués (Aparte.)   (Pues ha de ser
                           doña Blanca su mujer,
                           decoro le he de guardar
                               en callarle que ella ha sido
                           quien con celosa pasión
                           se valió de esta invención.)
                           Una mujer me ha querido,
                               con las faltas que escucháis,
                           desacreditar.

Carlos   Marqués,

daros pienso a doña Inés,
pues vos a Blanca me dais.

Marqués   Tracémoslo, pues.

Carlos   Dejad
ese cargo a mi cuidado,
que al efeto se ha obligado.

Marqués   Ejemplo sois de amistad.

(Salen doña Blanca, con manto, y don Fernando por otra parte.)

Fernando   ¿No sabré a qué fin pretende
que nos hallemos aquí
el Conde?

Blanca   Él lo ordena así.
Déjale hacer, que él se entiende;
de su palabra confía.

Fernando   De tu esposo me la ha dado.

Blanca   Pues piensa que esto ha trazado
para mayor honra mía.

Marqués   Ya están en vuestra presencia
los dos de quien vuestro examen
al ingenioso certamen
remite, Inés, la sentencia.

Carlos   Solo falta proponer
la materia o la cuestión,
en que igual ostentación

de ingenios hemos de hacer.

Inés   Generosos caballeros,
              en cuyas nobles personas
              piden iguales coronas
              las letras y los aceros,
                  den objeto a la cuestión
              vuestras mismas pretensiones,
              porque con vuestras razones
              justifique mi elección.

Marqués   Proponed, pues.

Inés   Escuchad.
              Uno de los dos —no digo
              cuál, que no es justo— conmigo
              tiene más conformidad;
                  mas éste, a quien me he inclinado,
              padece algunos defetos
              tan graves, aunque secretos,
              que acobardan mi cuidado;
                  y por el contrario, hallo
              al otro perfeto en todo,
              pero yo no me acomodo
              con mi inclinación a amallo;
                  y así, ha de ser la cuestión
              en que os habéis de mostrar,
              si la mano debo dar
              al que tengo inclinación,
                  aunque defetos padezca,
              o si me estará más bien
              que el que no los tiene, a quien
              no me inclino, me merezca.
                  Cada cual, pues, la opinión

defienda que más quisiere,
y la parte que venciere
merecerá mi elección,
    juzgando la diferencia
cuantos presentes están,
pues con esto no podrán
quejarse de mi sentencia.

Carlos (Aparte.)   (Al Marqués se inclina Inés,
yo soy el aborrecido.
Ya el ingenio me ha ofrecido
el modo con que al Marqués
    la palabra que le he dado
le cumpla.) Yo, con licencia
vuestra, en esta diferencia
defiendo que el que es amado
    debe ser el escogido.

Marqués (Aparte.)   (¡Cielos!, mi causa defiende
el Conde; mas él se entiende.
La mano me ha prometido
    de Inés; confiado estoy,
que es mi amigo verdadero.
Con su pensamiento quiero
conformarme.) Pues yo soy
    de contrario parecer,
y defiendo que es más justo
no seguir el proprio gusto,
y al más perfeto escoger.

Inés (Aparte.)   (Entrambos se han engañado;
que el Conde sin duda entiende
que le quiero, pues defiende
la parte del que es amado;

y el Marqués, pues la otra parte
defiende, piensa también
que es aborrecido. ¡Oh, quién
pudiera desengañarte!)

Carlos

Los fundamentos espero
que en favor vuestro alegáis,
Marqués.

Marqués

        Digo, pues gustáis
de que hable yo primero.
  El matrimonio es unión
de por vida; y quien es cuerdo,
aunque atienda a lo presente,
previene lo venidero.
El amor es quien conserva
el gusto del casamiento;
amor nace de hermosura,
y es hermoso lo perfeto;
luego debe la Marquesa
dar la mano a aquél que, siendo
más perfeto, es más hermoso,
pues haber de amarlo es cierto.
De aquí se prueba también
que aborrecer lo perfeto
y amar lo imperfeto es
accidental y violento;
lo violento no es durable.
Luego es más sabio consejo
al que es perfeto escoger
—pues, dentro de breve tiempo,
trocará en amor constante
su injusto aborrecimiento—
que al imperfeto querido,

si luego ha de aborrecerlo.
Semejantes a las causas
se producen los efetos,
ni obra el bueno como malo,
ni obra el malo como bueno.
Luego un imperfeto esposo
un martirio será eterno,
que, al paso de sus erradas
acciones, irá creciendo.
Y no importa que el amor
venza los impedimentos,
quite los inconvenientes,
y perdone los defetos;
pues nos dice el castellano
refrán, que es breve evangelio,
que «quien por amores casa,
vive siempre descontento».
El gusto cede al honor
siempre en los ilustres pechos;
y las mujeres se estiman
según sus maridos. Luego
su gusto debe olvidar Inés,
pues tendrá, escogiendo
al perfeto, estimación,
y al imperfeto, desprecio.
Indicios da de locura
quien pone eficaces medios
para algún fin, y despúes
no lo ejecuta, pudiendo.
La Marquesa doña Inés
este examen ha propuesto
para escoger al más digno,
sin que tenga parte en ello
el amor. Luego si agora

no eligiese al más perfeto,
demás de que no cumpliera
el paternal testamento,
indicios diera de loca,
nota de liviana al pueblo,
que murmurar a los malos
y que sentir a los buenos.

Alberto   ¡Bien por su parte ha alegado!

Juan   ¡Fuertes son los argumentos!

Guillén   Oyamos agora al Conde,
                 que tiene divino ingenio.

Carlos   Difícil empresa sigo,
                 pues lo imperfeto defiendo;
                 pero si el amor me ayuda,
                 la vitoria me prometo.
                 Si el amor es quien conserva
                 el gusto del casamiento,
                 como propuso el Marqués,
                 con eso mismo lo pruebo;
                 que amor para la elección
                 ha de ser el consejero,
                 pues del buen principio nace
                 el buen fin de los intentos.
                 Y no importa que el querido
                 padezca algunos defetos,
                 pues nos advierte el refrán
                 castellano que lo feo,
                 amado, parece hermoso,
                 y es bastante parecello,
                 pues nunca amor se aconseja

sino con su gusto mesmo.
Aristóteles lo afirma;
Séneca y Platón dijeron
que el amor no es racional
que halla en el daño provecho,
y halla dulzura en lo amargo
San Agustín; según esto,
si en el matrimonio tiene
el Amor todo el imperio,
su locura es su razón,
y es ley suya su deseo.
Lo que él quiere es lo acertado,
lo que él ama es lo perfeto,
lo hermoso, lo que él desea,
lo que él aprueba, lo bueno.
El temor de que después
venga Inés a aborrecerlo,
no importa, que eso es dudoso,
y el amarle agora es cierto.
Para amor no hay medicina
sino gozar de su objeto.
Dícelo en su carta Ovidio,
y en su epigrama Propercio.
Crece con la resistencia,
según Quintiliano; luego
si Inés no elige al que adora,
no tendrá su mal remedio;
antes irá cada día
con la privación creciendo.
Pensar que el aborrecido
vendrá a ser, por ser perfeto,
después amado, es engaño;
que no llega en ningún tiempo,
según Curcio, a amar de veras

quien comenzó aborreciendo.
El amor dice Heliodoro
que no repara en defetos;
la antigüedad nos lo muestra
con portentosos ejemplos.
Pigmaleón, Rodio, Alcides,
a unas estatuas quisieron;
Pasifé a un toro, y a un pez
el sabio orador Hortensio;
Semíramis a un caballo,
a un árbol Jerjes, y vemos
al que dio nombre al ciprés,
de amor de una cierva, muerto.
Pues, ¿qué defetos mayores
que éstos, por quien los sujetos
son incapaces de amor,
pues no puede hallarse en ellos
correspondencia, por ser
en especie tan diversos,
que el mismo amor que intentó
mostrar en estos portentos
su poder, quedó corrido
más que glorioso de hacerlos?
Luego amando la Marquesa
al que padece defetos,
y más sabiéndolos ya,
no se mudará por ellos.
Si ignorándolos le amara,
en tal caso fuera cierto
que el descubrirlos después
le obligara a aborrecerlo;
y por esto mismo arguyo
que no solo, aborreciendo
agora al perfeto Inés,

no podrá después quererlo,
mas antes, si lo quisiera
agora, fuera muy cierto
aborrecerlo después;
y de esta suerte lo pruebo.
Ovidio dice que amor
se hiela y muda si aquello
no halla en la posesión
que le prometió el deseo;
pues hombre perfeto en todo
no es posible hallarse.
Luego aunque Inés amase
agora al que tiene por perfeto,
lo aborreciera después
que con el trato y el tiempo
sus defetos descubriera,
pues nadie vive sin ellos.
Quien ama a un defetüoso,
ama también sus defetos
tanto, que aun le agradan
cuantos le semejan en tenerlos.
Luego es en vano temer
que se mude Inés por ellos.
Que «amar lo imperfeto es
violento, y lo que es violento
no dura», el Marqués arguye.
Lo segundo le concedo,
lo primero no; que solo
es a amor violento aquello
que no quiere, y natural
lo que pide su deseo.
Que «el malo obra como malo,
y obra el bueno como bueno,
y de las malas acciones

nace el aborrecimiento»,
dice el Marqués. Es verdad;
pero como el amor ciego
aprueba la causa injusta,
aprueba el injusto efeto.
Que las mujeres se estimen
por sus maridos, concedo;
pero en eso, por mi parte,
fundo el mayor argumento;
que quien con mujer se casa
que confiesa amor ajeno,
estima en poco su honor.
Luego, amando al imperfeto
Inés, fuera infame el otro,
si quisiera ser su dueño;
luego ni él puede admitirlo,
ni la Marquesa escogerlo.
Que «quien por amores casa,
vive siempre descontento»,
según lo afirma el refrán,
dice el Marqués; y es muy cierto,
cuando por amor se hacen
desiguales casamientos;
pero cuando son en todo
iguales los dos sujetos,
no hay, si el amor los conforma
más paraíso en el suelo.
Decir que no cumple así
el paternal testamento
es engaño; que su padre
solo le puso precepto
de que mire lo que hace.
Ya lo ha mirado, y con eso
su voluntad ha cumplido.

Que no consigue el intento
del examen si no escoge
al de más merecimientos,
sin atender al amor,
según Inés ha propuesto,
es verdad; pero se debe
entender del amor nuestro,
no del suyo; que con ella
es la parte de más precio
ser de ella amado, y no ser
amado el mayor defeto.
Luego, si elige al que quiere,
ni dará nota en el pueblo,
ni qué decir a los malos,
ni qué sentir a los buenos.

Alberto   ¡Vítor!

Juan   ¡Vítor!

Guillén   ¡Venció el Conde!

Alberto   Sus valientes argumentos
vencieron en agudeza,
en erudición y ejemplos.

Beltrán   Todos declaran al Conde
por vencedor.

Inés   Según eso,
ya es forzoso resolverme,
aunque me pese, a escogerlo.
Venciste, Conde; mi mano
es vuestra.

Blanca	¡Qué escucho, cielos!
Fernando	¿Esto hemos venido a ver, Blanca?
Carlos (Aparte.)	(Agora, que ya puedo ser su esposo, he de vengarme, y ha de ser un acto mesmo fineza para el Marqués, y para ella desprecio.) Marquesa, engañada estáis; porque vos habéis propuesto que la parte que venciere ha de ser esposo vuestro. Pues si mi parte ha vencido, y es la parte que defiendo la del imperfeto amado, él ha de ser vuestro dueño. Yo sé bien que no soy yo el querido, y sé que ha puesto la invidia vil al Marqués tres engañosos defetos. Y porque os satisfagáis, escuchadme aparte.

(Hablan en secreto.)

Marqués (Aparte.)	(¡Cielos! No hay más tesoro en el mundo que un amigo verdadero.)
Blanca (Aparte.)	(Yo soy perdida, si aquí se declaran mis enredos.)

(Doña Inés y el Conde Carlos hablan aparte.)

Inés   Ésas tres las faltas son
que me han dicho.

Carlos   Pues mi ingenio
(Aparte.)   las inventó... (Esta fineza
deba el Marqués a mi pecho)
por vencerle y por vengarme
de vos; y ya que mi intento
conseguí, pues que la mano
me ofrecéis, y no la quiero,
como noble, restituyo
al Marqués lo que le debo.
Y para que a mis palabras
deis crédito verdadero,
baste por señas deciros
las tres faltas que le han puesto
y que ha sido una mujer
la que tales fingimientos
os dijo por orden mía.

Inés   Es verdad. La vida os debo.

Carlos   Pues dad al Marqués la mano.
Ya, Marqués, se ha satisfecho
doña Inés de que la invidia
os puso falsos defetos.
Yo defendí vuestra parte,
y fui vencido venciendo.
Dalde la mano; que yo bien
he mostrado que tengo
puesta en Blanca mi esperanza

con las colores y versos
y divisas de las cañas,
de la sortija y torneo.

Blanca   Yo me confieso dichosa.

Marqués   Sois mi amigo verdadero,
y vos mi esposa querida.

Inés   Cuando os miro sin defetos,
¿cómo, Marqués, os querré,
si os adoraba con ellos?

Ochavo   El examen de maridos
tiene, con tal casamiento,
dichoso fin, si el Senado
perdona al autor sus yerros.

Fin de la comedia

Libros a la carta

A la carta es un servicio especializado para
empresas,
librerías,
bibliotecas,
editoriales
y centros de enseñanza;
y permite confeccionar libros que, por su formato y concepción, sirven a los propósitos más específicos de estas instituciones.

Las empresas nos encargan ediciones personalizadas para marketing editorial o para regalos institucionales. Y los interesados solicitan, a título personal, ediciones antiguas, o no disponibles en el mercado; y las acompañan con notas y comentarios críticos.

Las ediciones tienen como apoyo un libro de estilo con todo tipo de referencias sobre los criterios de tratamiento tipográfico aplicados a nuestros libros que puede ser consultado en Linkgua-ediciones.com.

Linkgua edita por encargo diferentes versiones de una misma obra con distintos tratamientos ortotipográficos (actualizaciones de carácter divulgativo de un clásico, o versiones estrictamente fieles a la edición original de referencia).

Este servicio de ediciones a la carta le permitirá, si usted se dedica a la enseñanza, tener una forma de hacer pública su interpretación de un texto y, sobre una versión digitalizada «base», usted podrá introducir interpretaciones del texto fuente. Es un tópico que los profesores denuncien en clase los desmanes de una edición, o vayan comentando errores de interpretación de un texto y esta es una solución útil a esa necesidad del mundo académico.

Asimismo publicamos de manera sistemática, en un mismo catálogo, tesis doctorales y actas de congresos académicos, que son distribuidas a través de nuestra Web.

El servicio de «libros a la carta» funciona de dos formas.

1. Tenemos un fondo de libros digitalizados que usted puede personalizar en tiradas de al menos cinco ejemplares. Estas personalizaciones pueden ser de todo tipo: añadir notas de clase para uso de un grupo de estudiantes, introducir logos corporativos para uso con fines de marketing empresarial, etc. etc.

2. Buscamos libros descatalogados de otras editoriales y los reeditamos en tiradas cortas a petición de un cliente.

www.ingramcontent.com/pod-product-compliance
Lightning Source LLC
LaVergne TN
LVHW041257080426
835510LV00009B/769